魔法使いの帽子とマント

ばあちゃん、お話聞かせて(3)

小山矩子
Noriko Koyama

文芸社

も・く・じ

一　ばあちゃんの少女《しょうじょ》のころ

一　ばあちゃんの少女のころ

ばあちゃんの好《す》きな季節《きせつ》になりました。

それは夏《なつ》の終《お》わりから秋《あき》へ移《うつ》っていくころです。このころになると、じりじりと照《て》りつけていた太陽《たいよう》も、さすがに夕方《ゆうがた》には力《ちから》を弱《よわ》め、昼間《ひるま》の暑《あつ》さはうそのようです。

やがて、耳《みみ》をすますと闇《やみ》の中《なか》を遠《とお》くから、かすかに盆踊《ぼんおど》りの太《たい》この音《おと》が聞《き》こえてくるのです。

そしていつの間《ま》にか、太《たい》この音《おと》は虫《むし》の声《こえ》に変《か》わります。

夕飯《ゆうはん》をすませたばあちゃんは「いい風《かぜ》だねえ」とひとり言《ごと》を言《い》いながら縁側《えんがわ》に出《で》ました。風《かぜ》に当《あ》たりながら、杵築《きつき》（大分県杵築市《おおいたけんきつきし》）や八坂《やさか》（杵築市八坂《きつきしやさか》）

の景色《けしき》を思《おも》い出《だ》すのが、このころのばあちゃんの楽《たの》しみの一《ひと》つなのです。

（戦争中《せんそうちゅう》、あの運動場《うんどうじょう》で教練《きょうれん》のけいこをやったねえ。かわいい女《おんな》の子《こ》が横隊《おうたい》に並《なら》んで一《いち》、二《に》、一《いち》、二《に》と足《あし》を持《も》ち上《あ》げて行進《こうしん》をした。あれは分列行進《ぶんれつこうしん》って言《い》ってたなあ。

号令台《ごうれいだい》（朝礼台《ちょうれいだい》）に立《た》った先生《せんせい》の前《まえ》までくると、小隊長《しょうたいちょう》は〝かしらー右《みぎ》〟って言《い》って、剣《けん》を下《した》に下《さ》げた。号令《ごうれい》でみんなはぴりっと右《みぎ》に頭《あたま》を向《む》けた。

女《おんな》の子《こ》もきびしく育《そだ》てたんだねえ。敵《てき》と戦《たたか》う力《ちから》を付《つ》けさせていたのかもしれんなあ。空《そら》はいつもと変《か》わらない青《あお》い空《そら》だったけど、それほど戦争《せんそう》はあぶなくなってたんだねえ。やがてその運動場《うんどうじょう》もいも畑《ばたけ》になった。だれが掘《ほ》り起《お》こしたんだろうか、あんなに固《かた》くて広《ひろ》い所《ところ》をなあ……）

校庭《こうてい》に続《つづ》く桜並木《さくらなみき》の先《さき》にその運動場《うんどうじょう》はありました。右手《みぎて》は断《だん》がいで、がけの上《うえ》に杵築城《きつきじょう》の跡《あと》がありました。海《うみ》に向《む》かって、お城《しろ》は建《た》っていたようです。

（あそこにさつまいもの苗《なえ》を植《う》えたなあ。一本一本《いっぽんいっぽん》固《かた》い土《つち》に植《う》えていったなあ

……。でもいも掘《ほ》りをした覚《おぼ》えはないよなあ……。いも掘《ほ》りの前《まえ》に戦争《せんそう》は終《お》わってしまったんだろうか）

ばあちゃんは、次《つぎ》から次《つぎ》へ女学生《じょがくせい》（今《いま》の中学生《ちゅうがくせい》）のころを思《おも》い出《だ》していました。

「ばあちゃん、何考《なにかんが》えてるの？」

夕飯《ゆうはん》を終《お》えた幸子《さちこ》ねえちゃんとよし子《こ》ちゃんが縁側《えんがわ》にやってきました。

「うーん。むかし昔《むかし》のことさ」

「昔《むかし》のどんなこと？　わたしたちの知《し》らない話《はなし》？」

「聞《き》かせて、聞《き》かせて」

よし子《こ》ちゃんがねだりました。

「そうだねえ……」

めずらしくばあちゃんは、しぶっています。

そこへ片付《かたづ》けを終《お》えたママがやってきました。

一　ばあちゃんの少女のころ

「ばあちゃんの通《かよ》った学校《がっこう》は、女《おんな》の子《こ》ばかりの学校《がっこう》だったたってこと、覚《おぼ》えているかい。あれは終戦《しゅうせん》の後《あと》だったか、戦争《せんそう》のさ中《なか》（まっさいちゅう）だったか、はっきりと覚《おぼ》えていないけど、勉強《べんきょう》なんてしないで勤労奉仕《きんろうほうし》の毎日《まいにち》だったねえ」

「勤労奉仕《きんろうほうし》って何《なに》？」

よし子《こ》ちゃんが不思議《ふしぎ》そうに聞《き》きました。

「汗《あせ》をかいて働《はたら》くってことよ」

幸子《さちこ》ねえちゃんが教《おし》えてくれました。

「学校《がっこう》なのに、勉強《べんきょう》しないで働《はたら》いていたの？」

「そうなんだよ。あこがれの町《まち》の学校《がっこう》に入《はい》った女《おんな》の子《こ》たちなのになあ。ばあちゃんなんぞ、生《う》まれて初《はじ》めてのことたくさんやった。一番《いちばん》おどろいたのは町《まち》へ出《で》てな、こやしを集《あつ》めたことよ。おけに天《てん》びん棒《ぼう》を通《とお》して二人《ふたり》で担《かつ》ぐのさ。町《まち》の家々《いえいえ》を一軒一軒《いっけんいっけん》回《まわ》って、下肥《しもごえ》をくみ取《と》るのさ。柄《え》の長《なが》いひしゃくでね。それを担《かつ》いで学校《がっこう》のたい肥小屋《ひごや》（草《くさ》などを積《つ》み重《かさ》ね、腐《くさ》らせてつくる、野菜《やさい》などの肥料《ひりょう》を集《あつ》めた小屋《こや》）まで運《はこ》ぶ。なれない仕事《しごと》だから二人《ふたり》の呼吸《こきゅう》が合《あ》わなくてねえ、おけが揺《ゆ》れて、なかなか前《まえ》に進《すす》めない。おうじょう（苦労《くろう》）したよ」

「下肥《しもごえ》って、うんちでしょう。それ何《なに》に使《つか》うの？」

「たい肥《ひ》の上《うえ》にまくんだよ。その上《うえ》に刈《か》った草《くさ》をのっけると小柄《こがら》な子《こ》がその上《うえ》にのって踏《ふ》むのさ。ばあちゃんはちびだったから、何度《なんど》か、たい肥踏《ひふ》みをさせられたねえ。たい肥《ひ》だの下肥《しもごえ》は、ばあちゃんの子《こ》どものころは大事《だいじ》な肥料《ひりょう》だったんだよ。今《いま》のような化学肥料《かがくひりょう》なんてものはなかった。鼻《はな》をつまんで下肥《しもごえ》をくんだこと、忘《わす》れられないねえ」

「きたなーい」。思《おも》わずよし子《こ》ちゃんが叫《さけ》びました。

「ひどいことさせたのねえ……」。幸子《さちこ》ねえちゃんも口《くち》あんぐりです。

「いまは水洗便所《すいせんべんじょ》だから、よっ子《こ》も幸子《さちこ》も昔《むかし》の便所《べんじょ》は想像《そうぞう》できないでしょうね。まだ子《こ》どもなのに、女《おんな》の子《こ》がそんなことをしなくちゃならないなんて、戦争《せんそう》ってほんとうにひどいですよねえ」

「………」

「………」

「杵築《きつき》の殿様《とのさま》の城《しろ》は八坂川《やさかがわ》と高山川《たかやまがわ》っていう川《かわ》にはさまれていてね。前《まえ》は海《うみ》を見下《みお》ろす高台《たかだい》に建《た》っていた。武士《ぶし》（さむらい）の屋敷《やしき》も高台《たかだい》にあって、高台《たかだい》の下《した》から高山川《たかやまがわ》までの間《あいだ》は平野《へいや》で、ずーっと田《た》んぼが広《ひろ》がっていた。ここに菜《な》の花《はな》がたくさん植《う》えられていてね。きっと菜種《なたね》をとっていたんだねえ。冬《ふゆ》になると麦《むぎ》が植《う》えられていた。高山川《たかやまがわ》から吹《ふ》き上《あ》げてくる風《かぜ》の冷《つめ》たかったこと。ばあちゃんたちはその田《た》んぼの麦踏《むぎふ》みをさせられた。一列《いちれつ》に並《なら》んでな、青々《あおあお》と出《で》そろった麦《むぎ》の芽《め》をみんなで踏《ふ》んづけるんだよ。〝これでもか〟〝これでもか〟っていうようにさ。

こんなにきれいに出《で》そろっているのに、なぜこんなことをするのか、ばあちゃんは不思議《ふしぎ》でならなかったよ」

「麦《むぎ》って、あの麦《むぎ》ごはんに入《い》れたりするあれのこと？」

幸子《さちこ》ねえちゃんは尋《たず》ねました。

「そうだよ。それは〝分《ぶん》けつ〟っていってな、麦《むぎ》は踏《ふ》まれて折《お》れたり、曲《ま》がったところから新《あたら》しい芽《め》を出《だ》し、大《おお》きな株《かぶ》になっていくんだねえ。大《おお》きな株《かぶ》になればたくさん穂《ほ》がつくだろう。たくさんの麦《むぎ》がとれるってことだね。

踏《ふ》まれれば踏《ふ》まれるほど大《おお》きな株《かぶ》になっていくんだって。何日《なんにち》か過《す》ぎて、ばあちゃんは本当《ほんとう》かどうか、学校《がっこう》の帰《かえ》りに確《たし》かめに行《い》ったさ。そんなこと信《しん》じられんかったんだよ。枯《か》れているんじゃなかろうか心配《しんぱい》でね。だって元気《げんき》だった麦《むぎ》が、みんな倒《たお》れてしまったんだものなあ」

「それでどうだったの」

心配《しんぱい》そうによし子《こ》ちゃんは聞《き》きました。

「本当《ほんとう》だったよ。折《お》れたところや曲《ま》がったところから、白《しろ》っぽい太《ふと》い幹《みき》が何本《なんぼん》も出《で》ているのさ。感心《かんしん》してしまったさ。勤労奉仕《きんろうほうし》って大変《たいへん》なこともあったけど、『麦《むぎ》って、踏《ふ》まれても踏《ふ》まれてもへこたれない。すごいなあ』。そのとき、へんに麦《むぎ》に教《おし》えられたのを覚《おぼ》えているよ」

「スポーツ選手《せんしゅ》の練習《れんしゅう》に似《に》てる」

幸子《さちこ》ねえちゃんが言《い》いました。

「ピアノのレッスンに似《に》てるって思《おも》わない？　よっ子《こ》」

ママが言《い》いました。

「そうだよなあ、麦《むぎ》に負《ま》けちゃいけんなあ」

ホッホッホッホッ、ばあちゃんは、ふくろうの鳴《な》き声《ごえ》のような声《こえ》で笑《わら》いました。

「おかしなものだねえ。あれから六十年近《ろくじゅうねんちか》く過《す》ぎたのに、あのころのことは不思議《ふしぎ》と覚《おぼ》えている。ただ戦争中《せんそうちゅう》だったのか、戦争《せんそう》の後《あと》だったのかはっきり覚《おぼ》えちゃいないけど、空襲《くうしゅう》がなかったから戦争《せんそう》の後《あと》も勤労奉仕《きんろうほうし》は、続《つづ》いていたのかなあー。

なんてったって農家《のうか》の勤労奉仕《きんろうほうし》はよかった。おやつにおむすびの出《で》ることが

一　ばあちゃんの少女のころ

あってねえ。〝なんでもいいから腹《はら》いっぱい食《た》べたい〟毎日《まいにち》のように思《おも》った。だからばあちゃんは食《た》べ物《もの》を粗末《そまつ》にしているのを見《み》ると、また食《た》べられない日《ひ》が来《く》るんじゃなかろうかと心配《しんぱい》になってくる」

よし子《こ》ちゃんは公園《こうえん》のごみ箱《ばこ》をあさっているカラスを思《おも》い浮《う》かべました。ご飯《はん》つぶやおかずが、あたりに飛《と》び散《ち》っていました。

幸子《さちこ》ねえちゃんは、（『太《ふと》るからいやー』そんなことしか考《かんが》えなかったわ）と思《おも》いました。そして学校《がっこう》の給食《きゅうしょく》の食《た》べ残《のこ》しが、食《しょっ》かんにたくさん返《かえ》されていることを思《おも》い浮《う》かべました。

「今《いま》の子《こ》どもたちは〝ひもじい〟（お腹《なか》が空《す》く）っていう経験《けいけん》がないから、それに食《た》べる物《もの》はいつでも何《なん》でもあると思《おも》い込《こ》んでいるから……」

ママがそっと言《い》いました。

「ねえ、ばあちゃん、そのころ、男《おとこ》の子《こ》たちはどうしていたの？」

　幸子《さちこ》ねえちゃんは、思《おも》い出《だ》したように尋《たず》ねました。

「男《おとこ》の子《こ》は女《おんな》の子《こ》の苦労《くろう》どころじゃない。学徒動員《がくとどういん》といってな、親元《おやもと》から遠《とお》く離《はな》れて軍需工場《ぐんじゅこうじょう》（戦争《せんそう》に必要《ひつよう》なものを作《つく》る工場《こうじょう》）で働《はたら》いた。そんな工場《こうじょう》を敵《てき》は見逃《みのが》さないだろう。だから敵《てき》の飛行機《ひこうき》が狙《ねら》って爆弾《ばくだん》を落《お》とした。日本《にほん》のあちこちにそんな工場《こうじょう》や、基地《きち》があったから、終戦《しゅうせん》の近《ちか》くになると敵機《てっき》が狙《ねら》い撃《う》ちを始《はじ》めたねえ」

「じゃあ学徒動員《がくとどういん》で死《し》んだ生徒《せいと》さんもいたの？」

「いただろうねえ。それよりか、ばあちゃんの心《こころ》から消《き》えないのは志願《しがん》（自分《じぶん》から希望《きぼう》して）して戦場《せんじょう》に行《い》った若者《わかもの》たちのこと……。今《いま》でも思《おも》い出《だ》すと涙《なみだ》が出《で》る……」

　ばあちゃんはそっと目《め》を押《お》さえました。

「ただ今《いま》！」

　健《けん》ちゃんが塾《じゅく》から帰《かえ》ってきました。

一　ばあちゃんの少女のころ

「健太《けんた》、ちょっと来《き》なさい」

ママが健《けん》ちゃんに声《こえ》をかけました。戦争中《せんそうちゅう》の男《おとこ》の子《こ》のことを知《し》ってほしいと思《おも》ったのです。

ちょっと休《きゅう》けいになりました。

ママは健《けん》ちゃんの夕食《ゆうしょく》を縁側《えんがわ》に運《はこ》びました。

「おや、お帰《かえ》り。今《いま》、戦争中《せんそうちゅう》の男《おとこ》の子《こ》のこと話《はな》していたんだよ」

「へー。女《おんな》だけで聞《き》いてたの……」

そう言《い》いながら、健《けん》ちゃんは縁側《えんがわ》で夕飯《ゆうはん》を食《た》べはじめました。

「ばあちゃんの子《こ》どものころは『大《おお》きくなったら何《なん》になる』って聞《き》かれると、女《おんな》の子《こ》は『およめさーん』。男《おとこ》の子《こ》は『兵隊《へいたい》さーん！』と答《こた》えたもんだよ。だから試験《しけん》を受《う》けて陸軍《りくぐん》の兵隊《へいたい》さんや海軍《かいぐん》の兵隊《へいたい》さんになる学校《がっこう》へ行《い》くのが夢《ゆめ》だった。予科練《よかれん》っていうのもあってこれは空《そら》。飛行機《ひこうき》だねえ。

♪若《わか》い血潮《ちしお》の予科練《よかれん》の
　七《なな》つボタンは桜《さくら》に錨《いかり》
　今日《きょう》も飛《と》ぶ飛《と》ぶ　霞《かすみ》ヶ浦《うら》にゃ
　　でかい希望《きぼう》の雲《くも》が湧《わ》く

（軍歌《ぐんか》「若鷲《わかわし》の歌《うた》」より）


　ばあちゃんは歯切《はぎ》れよく歌《うた》いました。

「どうだい、いい歌《うた》だろう？」

「うん。飛《と》び出《だ》して行《い》きたくなるような歌《うた》だねえ」

　もぐもぐ口《くち》を動《うご》かしながら、健《けん》ちゃんが言《い》いました。

「そうなんだよ、若者《わかもの》の心《こころ》を揺《ゆ》さぶるような歌《うた》だろう。ばあちゃんたち女《おんな》の子《こ》もよく歌《うた》った。だから今《いま》でも覚《おぼ》えているんだよ。中学校《ちゅうがっこう》を終《お》えた（今《いま》の高校《こうこう》二年生《にねんせい》）男《おとこ》の子《こ》たちは志願《しがん》してねえ……」

「歌《うた》が誘《さそ》ったの？」

よし子《こ》ちゃんは（このメロディー、魔法《まほう》の力《ちから》をもっている）と感《かん》じたのです。

♪海《うみ》ゆかば　水漬《みづ》く屍《かばね》
山《やま》ゆかば　草蒸《くさむ》す屍《かばね》
大君《おおきみ》の　辺《へ》にこそ　死《し》なめ
かえりみはせじ

（軍歌《ぐんか》「海《うみ》ゆかば」より）

ばあちゃんは意味《いみ》のわからない歌《うた》を歌《うた》いました。そして、

「日本《にほん》の国《くに》を守《まも》るため、男《おとこ》の子《こ》たちは育《そだ》てられていったんだねえ」

「ばあちゃん、その歌《うた》なんていってるの？」

健《けん》ちゃんが聞《き》きました。

「ばあちゃんは、
海軍《かいぐん》の兵隊《へいたい》さんは死体《したい》がそのままになっていて、水《みず》に漬《つ》かっていても、
陸軍《りくぐん》の兵隊《へいたい》さんは死体《したい》が放置《ほうち》され、そこに草《くさ》がぼうぼうと生《は》えていても、
それは天皇陛下《てんのうへいか》のお傍《そば》で死《し》んでいるのである。
悔《く》いてはいません
と言《い》っている、と今《いま》も思《おも》っているよ。この歌《うた》も戦時中《せんじちゅう》、みんなで歌《うた》った。
ひょっとしたら、歌《うた》わせられていたのかもしれないねえ。これだけじゃなく
て、戦争中《せんそうちゅう》は勇《いさ》ましい歌《うた》が次々《つぎつぎ》に出《で》て、子《こ》どもも大人《おとな》もよく歌《うた》った。

♪勝《か》って来《く》るぞと勇《いさ》ましく
誓《ちか》って国《くに》を出《で》たからは
手《て》がらたてずに死《し》なりょうか
進軍《しんぐん》ラッパ聞《き》くたびに

まぶたに浮《う》かぶ旗《はた》の波《なみ》
(軍歌《ぐんか》「露営《ろえい》の歌《うた》」より)

一　ばあちゃんの少女のころ

と、まだまだたくさんあった」

「きっと、みんなの気《き》持《も》ちを戦争《せんそう》に向《む》かわせたり、元気《げんき》を出《だ》させるために創《つく》られたりした歌《うた》なんでしょうねえ」

幸子《さちこ》ねえちゃんが静《しず》かに言《い》いました。

「気《き》持《も》ちをかき立《た》てるなんて……。おそろしいことよねえ……」

ママがそーっと言《い》いました。

「戦争《せんそう》の終《お》わりのころの男《おとこ》の子《こ》には、信《しん》じられない苦難《くなん》があったんだよ。特攻《とっこう》隊《たい》っていって……」

ばあちゃんは急《きゅう》に声《こえ》をつまらせました。そして、

「一人乗《ひとりの》りの小《ちい》さな飛行機《ひこうき》に乗《の》って、敵《てき》の軍艦《ぐんかん》をめざして飛《と》び立《た》った。敵《てき》の軍《ぐん》

艦《かん》に体当《たいあ》たりするためなんだよ」

「体当《たいあ》たりって、軍艦《ぐんかん》にぶつかるっていうこと？」

「そうだよ健太《けんた》。帰《かえ》りの燃料《ねんりょう》は積《つ》まないで、南《みなみ》の海《うみ》に飛《と》び立《た》っていった。はじめっから生《い》きて帰《かえ》らない覚悟《かくご》だったんだねえ。

健太《けんた》やよし子《こ》の大《おお》おじさんは、鹿児島県《かごしまけん》の知覧《ちらん》という所《ところ》から飛《と》び立《た》った……。そしてやはり帰《かえ》ってこなかった。十八歳《じゅうはっさい》だった……」

ばあちゃんは、目《め》を強《つよ》く閉《と》じて悲《かな》しさをおさえているようです。大《おお》おじさんのことを聞《き》いた幸子《さちこ》、健太《けんた》、よし子《こ》は、急《きゅう》に戦争《せんそう》を身近《みぢか》に感《かん》じました。

「もう遅《おそ》いから、またの日《ひ》に話《はな》してあげよう」

そう言《い》い残《のこ》して、ばあちゃんは奥《おく》の部屋《へや》に入《はい》って行《い》きました。

盆踊《ぼんおど》りは終《お》わったのでしょうか、太《たい》この音《おと》は聞《き》こえません。あたりはすっかり涼《すず》しくなって、虫《むし》の声《こえ》が聞《き》こえてきます。

二　教室《きょうしつ》がのう（なく）なった

二　教室がのう（なく）なった

今日《きょう》から二学期《にがっき》です。

「今度《こんど》こそは一番乗《いちばんの》りしてやるぞ！」。せかせかと朝《あさ》ご飯《はん》を食《た》べていると思《おも》っていたら、やがてピシャリと玄関《げんかん》の戸《と》を閉《し》める音《おと》がしました。もう健《けん》ちゃんは学校《がっこう》に行《い》ったようです。

始業式《しぎょうしき》の朝《あさ》の一番乗《いちばんの》り（一番最初《いちばんさいしょ》に教室《きょうしつ》に入《はい》ること）は、健《けん》ちゃんのクラスで競争《きょうそう》になっているのです。「今年《ことし》こそ紘《こう》ちゃんに負《ま》けるもんか」。健《けん》ちゃんのライバルは紘《こう》ちゃんです。

よし子《こ》ちゃんはさっきから、宿題《しゅくだい》を手提《てさ》げから出《だ》したり、入《い》れたりしていて、なかなかエンジンがかかりません。

このとき、健《けん》ちゃんの強敵《きょうてき》、紘《こう》ちゃんは朝食《ちょうしょく》の最中《さいちゅう》でした。パパが今日《きょう》は遅《おそ》番《ばん》なので、いつもよりゆっくりなのです。一番乗《いちばんの》りのことがちょっと気《き》になりましたが、紘《こう》ちゃんは、パパやママに合《あ》わせることにしました。

紘《こう》ちゃんが（急《いそ》がなくっちゃ！）と急《いそ》いで居間《いま》を通《とお》りぬけようとしたときです。パパとママが「昔《むかし》のことを知《し》っている人《ひと》がだんだん少《すく》なくなるね」、「戦争《せんそう》のことだって、やがて忘《わす》れられていくんでしょうね」と話《はな》しているのです。

テレビが、昔《むかし》の有名人《ゆうめいじん》の亡《な》くなったことを放映《ほうえい》していたようです。

紘《こう》ちゃんはふと健《けん》ちゃん家《ち》のばあちゃんを思《おも》い出《だ》しました。そして（健《けん》ちゃんのばあちゃんは大丈夫《だいじょうぶ》だよ。元気《げんき》いいもん）と思《おも》いました。（でも戦争《せんそう》の話《はなし》、途中《とちゅう》で終《お》わっている）と思《おも》いました。

二学期《にがっき》の始業式《しぎょうしき》で五年一組《ごねんいちくみ》の一番乗《いちばんの》りは健《けん》ちゃんでした。（よーし！　二学《にがっ》期《き》はついてるぞ）健《けん》ちゃんは上《じょう》きげんです。紘《こう》ちゃんはずーっと遅《おく》れて教室《きょうしつ》に入《はい》ってきました。

二　教室がのう（なく）なった

紘《こう》ちゃんは、教室《きょうしつ》に入《はい》るといきなり健《けん》ちゃんに、

「ばあちゃんに戦争《せんそう》の話《はなし》聞《き》きたいんだけど、ばあちゃんアウトかなあー？」

と尋《たず》ねました。

健《けん》ちゃんは拍子《ひょうし》抜《ぬ》けしました。「やー、降参《こうさん》、降参《こうさん》」と言《い》うと思《おも》ったのです。

「なーんだ朝《あさ》から！。いいさ、ばあちゃん、この間《あいだ》『みんな何《なに》をしてるかなあー』って言《い》ってたから、ばあちゃんだってみんなに会《あ》いたいんだよ」

「決《き》まり！、じゃあ　ぼく仲間《なかま》を集《あつ》めるね」

その日《ひ》の下校後《げこうご》、紘《こう》ちゃんは、さっそく雄《ゆう》くんや隆《たか》ちゃんをさそいました。公《きみ》ちゃんはお出《で》かけでだめでした。それに、四年生《よねんせい》の由美《ゆみ》ちゃん、まあちゃんが加《くわ》わって、みんなで、ばあちゃんを訪《たず》ねました。

「うれしいねえ。戦争《せんそう》の話《はなし》を聞《き》いてくれるなんて。ばあちゃんの話《はなし》なんぞ、すっかり忘《わす》れてしまったんだと思《おも》ってたよ。ばあちゃん、急《きゅう》に元気《げんき》が出《で》た。たーんと話《はな》してあげようねえ」

うちわでぱたぱたとあたりをあおぎながら、ばあちゃんはうれしそうに言《い》いました。

「ばあちゃんの子《こ》どものころはな、小学校《しょうがっこう》を卒業《そつぎょう》すると、いく人《にん》かの女《おんな》の子《こ》は、女学校《じょがっこう》っていう学校《がっこう》へ進《すす》んだ。男《おとこ》の子《こ》は、中学校《ちゅうがっこう》ってのに進《すす》んだ。この学校《がっこう》は、試験《しけん》に受《う》からないと入《はい》れないのさ。幸子《さちこ》ねえちゃんの行《い》ってる、今《いま》の中学校《ちゅうがっこう》とは、ちょっと違《ちが》っていたんだねえ。だから六年生《ろくねんせい》になると、その受《じゅ》験《けん》の勉強《べんきょう》をさせられたよ」

「へー、私立中学《しりつちゅうがく》だったの？」

「いーや。そうじゃないんだ。国《くに》の決《き》まりなんだねえ。ところがな、受験《じゅけん》の日近《ひちか》くになって、その試験《しけん》の方法《ほうほう》が『面接《めんせつ》』ってのに変《か》わったのさ。筆記《ひっき》の試験《しけん》じゃなくなったってわけさ。ばあちゃんたちは、何《なに》が何《なん》だかわからなかった。そのころから、世《よ》の中《なか》が少《すこ》しずつ変《か》わってきていたんだねえ」

「試験《しけん》がなくなるなんて、最高《さいこう》じゃない」

紘《こう》ちゃんは、うらやましそうです。

「でも面接《めんせつ》ってのがあったんでしょう。それってどんなことするの」

雄《ゆう》くんが聞《き》きました。

「面接《めんせつ》ってのはな、先生《せんせい》の前《まえ》に座《すわ》って〜。そうだなあー、試験官《しけんかん》の先生《せんせい》は二《に》、三人《さんにん》いたかなあー。その試験官《しけんかん》の先生《せんせい》から聞《き》かれたことについて、お答《こた》えするんだよ。

あのとき、試験官《しけんかん》の先生《せんせい》に聞《き》かれたこと、不思議《ふしぎ》とばあちゃん、今《いま》でも覚《おぼ》えている」

「どんなこと聞《き》かれたの？」

隆《たか》ちゃんは、小《ちい》さい声《こえ》でそっと尋《たず》ねました。（隆《たか》ちゃんはそんなこと聞《き》いたら悪《わる》いかな？）と思《おも》ったのです。

「それはな、『戦争《せんそう》が激《はげ》しくなってノートや鉛筆《えんぴつ》がなくなったら、あなたはどうやって勉強《べんきょう》をしますか』って……」

「ばあちゃん、なんて答《こた》えたの？」

こんどは健《けん》ちゃんが尋《たず》ねました（ぼくだったら、もう勉強《べんきょう》はしませんて言《い》うかもしれない）。

「ばあちゃんはな、とっさに『くうに指《ゆび》で字《じ》を書《か》きます』って答《こた》えたのさ。先《せん》生《せい》はびっくりしたらしく『えっ！　くう？』と声《こえ》を出《だ》された。ばあちゃんは、これはいけないと思《おも》って、空中《くうちゅう》に指《ゆび》で字《じ》を書《か》いてみせた。そしたらな、先生《せんせい》たち、急《きゅう》に笑《わら》いだしてしまってさ。とたんにばあちゃん、もうだめだ！　試験《しけん》に落《お》ちると思《おも》った。

だってな、紙《かみ》も鉛筆《えんぴつ》もないんじゃ、それしかないじゃないか」

「地面《じめん》にだって書《か》けるじゃないか！」

健《けん》ちゃんは、いい答《こた》えが見《み》つかったと思《おも》いました。

二　教室がのう（なく）なった

「それもそうだなあ～。ばあちゃんの答《こた》え、やっぱり変《へん》だよなあ～」

「どうだったの、試験《しけん》？」

由美《ゆみ》ちゃんが聞《き》きました。

「それがな、どういうわけだか受《う》かったさ。これには、ばあちゃんびっくりしたり、うれしかったりさ。あんな思《おも》いがけないことを、試験官《しけんかん》の先生《せんせい》が聞《き》いたのも、ばあちゃんたち子《こ》どもの知《し》らないところで、戦争《せんそう》はあぶなくなっていたからだったんだね。

町《まち》の女学校《じょがっこう》へは片道一里《かたみちいちり》（四《よん》キロ）ある。行《い》きも帰《かえ》りも〝せっせ、せっせ〟と歩《ある》くんだよ。でもなんのその、女学生《じょがくせい》の生活《せいかつ》が待《ま》ちどおしかったさ。父《とう》さんから、赤《あか》いかわいい財布《さいふ》をもらって、うきうきだった。

ところが、あこがれのセーラー服《ふく》を着《き》て通学《つうがく》したのは、どれくらいだっただろう。やがて戦争《せんそう》が激《はげ》しくなって、そのころは、日本《にほん》は戦争《せんそう》に敗《ま》けはじめていたんだろうねえ、敵《てき》の飛行機《ひこうき》が、日本中《にほんじゅう》の空《そら》に飛《と》んでくるようになった。ばあな、敵《てき》の飛行機《ひこうき》がやってくるとサイレンで教《おし》えてくれるのさ。ほらお昼《ひる》に鳴《な》る、あのサイレン。

「そうだよなあー、まあちゃんの言《い》うとおりだよなあ。ところが約束《やくそく》があって

「どうして敵《てき》の飛行機《ひこうき》だってわかるの？　印《しるし》が見《み》えるの？」

ちゃんの田舎《いなか》にだってだよ」

ウーウ、ウーウって間《あいだ》が開《あ》いて鳴《な》るときは、警戒警報《けいかいけいほう》、『敵《てき》の飛行機《ひこうき》がやってきたぞー、注意《ちゅうい》しなさいー』って言《い》っている。。

ウーウーウーってきぜわしく鳴《な》るときは、空襲警報《くうしゅうけいほう》、『みんなのところへ敵《てき》の飛行機《ひこうき》が行《い》ったぞーっ！　用心《ようじん》しろ！』って言《い》ってる」

「空襲警報《くうしゅうけいほう》になったらどうするの？」

「仕事《しごと》や勉強《べんきょう》なんぞすぐ止《や》めて、防空壕《ぼうくうごう》に入《はい》ったり、安全《あんぜん》な所《ところ》へ隠《かく》れるのさ」

「防空壕《ぼうくうごう》ってなんなの？」

由美《ゆみ》ちゃんは不思議《ふしぎ》に思《おも》いました。

「庭《にわ》や床《ゆか》の下《した》に穴《あな》を掘《ほ》ってな、そこに大事《だいじ》なものをしまったり、食《た》べる物《もの》なんかも入《い》れて避難《ひなん》したわけだ。空襲《くうしゅう》になると、その穴《あな》に逃《に》げた」

「それって、原子爆弾《げんしばくだん》が落《お》ちても大丈夫《だいじょうぶ》？」

「そんなはずないだろう、よっ子《こ》は単純《たんじゅん》なんだから〜。ねえ、ばあちゃん、警《けい》戒警報《かいけいほう》や空襲警報《くうしゅうけいほう》になったら、学校《がっこう》には行《い》かなくてもいいの？」

「健坊《けんぼう》いいところに気《き》がついた。学校《がっこう》に行《い》く途中《とちゅう》の道《みち》で、空襲警報《くうしゅうけいほう》になることだってあったんだよ。そんなときは『家《いえ》のほうが近《ちか》いか、学校《がっこう》のほうが近《ちか》いか、自分《じぶん》で考《かんが》えて、とにかく近《ちか》いほうに逃《に》げる』そう決《き》められていた。不思議《ふしぎ》なことに登校《とうこう》の途中《とちゅう》、町外《まちはず》れ（村外《むらはず》れ）に来《く》ると、必《かなら》ず空襲《くうしゅう》のサイレンが鳴《な》るんだよ。

　そこは杉山《すぎやま》って言《い》ってね、道《みち》の両脇《りょうわき》に木《き》がたくさんある、峠《とうげ》のような所《ところ》だった。しばらく山《やま》の中《なか》で隠《かく》れていて、空襲警報《くうしゅうけいほう》が解《と》けると急《いそ》いで学校《がっこう》へ行《い》ったたねえ」

「………」

「………」

「そのころになると、あこがれのセーラー服《ふく》じゃなくて、母《かあ》さんの古《ふる》い着物《きもの》で作《つく》ったもんぺ（足首《あしくび》のところがくくってあるズボンのような服《ふく》）になり、長《なが》い下《さ》げカバンを右肩《みぎかた》に、左肩《ひだりかた》には防空《ぼうくう》ズキンをこんなふうにたすき（バツ）に下《さ》げた。すぐにすばやく動《うご》けるようになあ」

ばあちゃんは、よし子《こ》ちゃんをモデルにしてやってみせました。背中《せなか》と胸《むね》のところでカバンとズキンは交差《こうさ》して×《バツ》のようになるのです。

「かっこいい！　でも命《いのち》がけなんだよねえ」

雄《ゆう》くんが言《い》いました。

「わたしたちの避難訓練《ひなんくんれん》みたいだ」

ズキンと聞《き》いて、隆《たか》ちゃんは、学校《がっこう》の避難訓練《ひなんくんれん》を思《おも》い出《だ》したようです。

「そう上着《うわぎ》の左胸《ひだりむね》には名前《なまえ》、住所《じゅうしょ》、血液型《けつえきがた》を書《か》いた白《しろ》い布《ぬの》を、縫《ぬ》い付《つ》けていたねえ」

「なんでそんなものがいるの？」

「けがをしたときの手当《てあ》てのためでしょう？」

「そうなんだよ。よっ子《こ》よくわかったねえ。

敵《てき》の落《お》とす弾《たま》でけがをしたり、命《いのち》を落《お》としそうになったとき、すぐに手当《てあ》てができるようにしたんだねえ」

「………」

「………」

「………」

「そうだ、そんなある日《ひ》、学校《がっこう》に行《い》っておどろいた。教室《きょうしつ》がないのさ。昨日《きのう》まで勉強《べんきょう》していた教室《きょうしつ》に、大《おお》きな機械《きかい》がでんと座《すわ》っていて……。学校《がっこう》が、被服廠《ひふくしょう》という、兵隊《へいたい》さんの服《ふく》を扱《あつか》う工場《こうじょう》になったんだねえ。ばあちゃんたちより上《うえ》の学年《がくねん》の人《ひと》は、学徒動員《がくとどういん》といって、よその工場《こうじょう》に働《はたら》きに行《い》っていた。戦争《せんそう》に勝《か》つまでは、勉強《べんきょう》どころじゃなくなったんだねえ。
その日《ひ》からだったと思《おも》うよ、ばあちゃんたちが、兵隊《へいたい》さんの服《ふく》のボタン付《つ》けや、ボタンの穴《あな》かがりの仕事《しごと》をしたのは……」

「……」

「……」

「やがてばあちゃんたち夜警《やけい》をやった。夜《よる》の学校《がっこう》を見回《みまわ》るんだよ。二人《ふたり》ひと組《く》みになって薙刀《なぎなた》（刃先《はさき》が広《ひろ》く柄《え》の長《なが》い）を持《も》ってね。こわかったよ。ほんとにこわかったよ。幸子《さちこ》ねえちゃんぐらいの歳《とし》だもんなあ。ばあちゃんの学校《がっこう》は、昔《むかし》の城主《じょうしゅ》（殿様《とのさま》）のお屋敷跡《やしきあと》でな、昼間《ひるま》でも薄暗《うすぐら》いところがあったり、不気《ぶき》味《み》な池《いけ》があったり。おまけに呪《のろ》い釘《くぎ》を打《う》った大木《たいぼく》だってあったのさ。
いろんな話《はなし》をたっぷり聞《き》かされて、暗《くら》い校庭《こうてい》に出《で》ていくのさ。便所《べんじょ》の前《まえ》を通《とお》るとき、生《い》きた気《き》がしなかったさ。手《て》をつないで音《おと》を立《た》てないで歩《ある》いた。うわさの所《ところ》にくると、一目散《いちもくさん》に走《はし》って通《とお》り過《す》ぎたよ。見回《みまわ》りなんてもんじゃなかったねえ。女《おんな》の子《こ》だもんな、無理《むり》ないよなあ」

「学校《がっこう》のトイレって、おばけがいるんだよねえ」

まあちゃんが、こわそうにそーっと言《い》いました。

「ばかだなあ!! そんなことありっこないだろう! テレビの見《み》すぎだよ」

紘《こう》ちゃんは「なんだ!」と言《い》わんばかりです。

まあちゃんも由美《ゆみ》ちゃんまでも、おばけを信《しん》じているようです。

「なんでそんなことしたの?」

「そうだなあ。本当《ほんとう》のことはわからんけど、工場《こうじょう》の品物《しなもの》を守《まも》るためだったんだろうよ。

あれは戦争中《せんそうちゅう》だったのかなあ、それとも終戦《しゅうせん》の後《あと》だったのかなあ。空襲《くうしゅう》だの警戒警報《けいかいけいほう》だののサイレンの覚《おぼ》えがないから、終戦《しゅうせん》の後《あと》だったのかなあ?」

「夜《よる》も敵《てき》の飛行機《ひこうき》はやってきたの?」

「そうだよ。終戦近《しゅうせんちか》くになると昼《ひる》も夜《よる》もなかったさ。

二　教室がのう（なく）なった

サイレンが鳴《な》るとどの家《いえ》でも〝空襲《くうしゅう》だあ!!〟〝敵機襲来《てっきしゅうらい》だあー〟とあわてて雨戸《あまど》を閉《し》めてな。電気《でんき》の笠《かさ》を黒《くろ》い布《ぬの》でおおった。暗《くら》い部屋《へや》の中《なか》でなりをひそめていたよ。

夜《よる》は静《しず》かだから、ゴーゴーっていう音《おと》が、あたり一面《いちめん》に鳴《な》り響《ひび》いてな、頭《あたま》の真上《まうえ》を通《とお》るときは『もうやられる！』と、こわかったねえ」

「電気《でんき》の笠《かさ》を黒《くろ》い布《ぬの》でおおったのは、町《まち》や村《むら》の全部《ぜんぶ》の人《ひと》がやったの？」

「そうだよ。だから町《まち》も村《むら》も真《ま》っ暗《くら》だった」

「敵《てき》の飛行機《ひこうき》に見《み》つからないように、じゃないの」

隆《たか》ちゃんが、自信《じしん》なさそうに小《ちい》さな声《こえ》で言《い》いました。

「そうなんだよ。そのとおりなんだよ。戦争《せんそう》が終《お》わって、普通《ふつう》に電気《でんき》が点《つ》けられるようになったときは、部屋《へや》の中《なか》が明《あか》るいのに、びっくりした。うれしかったねえ」

「ばあちゃんは、田舎《いなか》に行《い》かなかったの？　わたしのおばあちゃんは、田舎《いなか》に預《あず》けられたんだって、すごくさみしかったんだって」

まあちゃんが言《い》いました。

「ああ疎開《そかい》のことだね。ばあちゃんは田舎《いなか》に住《す》んでいたから、疎開《そかい》なんて必要《ひつよう》なかった。

けどね、終戦近《しゅうせんちか》くには、敵《てき》の飛行機《ひこうき》が大《おお》きな都市《とし》に毎晩《まいばん》のように飛《と》んできて、爆弾《ばくだん》を落《お》とすようになってね。いくらみんなで暗《くら》くしても、照明弾《しょうめいだん》っていう爆弾《ばくだん》を落《お》として、夜《よる》だのにあたりを昼間《ひるま》のように明《あか》るくしてから、狙《ねら》いを定《さだ》めて、爆弾《ばくだん》を落《お》とすようになったんだ。昼《ひる》も夜《よる》も空襲《くうしゅう》、空襲《くうしゅう》だから自分《じぶん》の家《いえ》には、住《す》めなくなってきたんだねえ。

親戚《しんせき》や知《し》り合《あ》いがなくて、田舎《いなか》に疎開《そかい》できない都会《とかい》の子《こ》どもたちは、学童疎《がくどうそ》開《かい》と言《い》って、先生《せんせい》に連《つ》れられて知《し》らない田舎《いなか》で過《す》ごしたんだよ。家族《かぞく》から離《はな》れて……」

「その子《こ》たちのお父《とう》さんやお母《かあ》さんは家《いえ》に残《のこ》ったの？」

「………」

「………」

「………」

「戦争《せんそう》が終《お》わると、家族《かぞく》が死《し》んでしまっていて、一人《ひとり》ぼっちになった、かわいそうな子《こ》どもがたくさんできた。戦災孤児《せんさいこじ》なんだ」

「戦災孤児《せんさいこじ》ってなに？」

「また始《はじ》まった。今《いま》ばあちゃんが言《い》ったじゃないか。『なに！　なに！』ってうるさいよ。ぼく考《かんが》えてるんだから」

紘《こう》ちゃんがまあちゃんにきつく言《い》いました。

「いいじゃないか『なに！　なに』ってわからないことを聞《き》いてくれたから、よくわかったんじゃないのかい。なあ、まあちゃん」

雄《ゆう》くんがなだめました。

「そりゃあそうだけど……。まあいいや。戦争《せんそう》のこと、また聞《き》かせてね」

しゃ、しゃ、しゃと雨《あめ》が降《ふ》るようにせみが鳴《な》きます。

「もう夏《なつ》も終《お》わりだね。せみたちが『もっと夏《なつ》を延《の》ばして～』って鳴《な》いているんだねえ。遅《おそ》くなったから、今日《きょう》はこれで終《お》わりにしよう。ばあちゃんの話《はなし》、聞《き》きたくなったらいつでもおいで」

紘《こう》ちゃんはいつになく静《しず》かです。何《なに》か考《かんが》えているようです。何《なに》を考《かんが》えているのでしょう。

「さようなら！」、「どうもありがとう！」。みんなは手《て》を振《ふ》りながら帰《かえ》っていきました。

三　だんご汁《じる》

三　だんご汁

もうすぐ十二月《じゅうにがつ》です。黄色《きいろ》い葉《は》をつけていたポプラの木《き》は毎日《まいにち》のように葉《は》を落《お》としていましたが、いつの間《ま》にかすっかり裸《はだか》になってしまいました。

「おい紘《こう》ちゃん、こんどの土曜日《どようび》、家《うち》に来《こ》ないか。ばあちゃんが、みんなに食《た》べさせたいものがあるんだって」

道《みち》いっぱいに落《お》ちているポプラの葉《は》の上《うえ》で、スケートをしながら歩《ある》いている紘《こう》ちゃんに、健《けん》ちゃんは話《はな》しかけました。

「ばあちゃんの食《た》べさせたい物《もの》ってなんだろう。いいよ、雄太《ゆうた》も誘《さそ》っていいかい」

「いいさ！　ぼくも、いつもの仲間《なかま》を誘《さそ》おうと思《おも》っているんだ」

「ぼくも手伝《てつだ》ってやるよ」

三　だんご汁

健《けん》ちゃんは、急《きゅう》に楽《たの》しくなりました。

土曜日《どようび》の午後《ごご》です。

「こんにちはー」、「こんにちは」、「こんにちはー」元気《げんき》な声《こえ》が続《つづ》きます。紘《こう》ちゃん、公《きみ》ちゃん、雄《ゆう》くん、それに新《あたら》しく伸《しん》くんが加《くわ》わり、健《けん》ちゃんを入《い》れて、五年生《ごねんせい》は五人《ごにん》です。隆《たか》ちゃんは用事《ようじ》があって来《こ》られません。四年生《よねんせい》は由美《ゆみ》ちゃんと、まあちゃん、それに照美《てるみ》ちゃん、それによし子《こ》ちゃんの四人《よにん》です。

「おやおや、たくさん来《き》たねえ。ひい、ふう、みい……」ばあちゃんは一人《ひとり》ひとりを指差《ゆびさ》しながら数《かぞ》えました。そして台所《だいどころ》の方《ほう》へ行《い》きました。

みんな、わくわくしながら、ばあちゃんを待《ま》ちました。

ぷーん、といいにおいがしました。

三　だんご汁

「はいお待《ま》ちどおさま」と言《い》いながら、ばあちゃんとママが部屋《へや》に入《はい》ってきました。

「わー！　いいにおい！　おいしそう！」

「さあおあがり！　食《た》べられるかな？」

「いただきまーす！」、「いただきまーす！」、「いただきまーす」

みんな夢中《むちゅう》で食《た》べています。

「これって、なんていう汁《しる》なの？」

「とってもおいしいわ。こんどママにつくってもらおう」

「これ食《た》べたことある」

「〝すいとん〟って言《い》うんじゃない？」

「お代《か》わりないのかなあー」

がやがやとにぎやかです。

「これはな、戦争中《せんそうちゅう》のご飯《はん》だったのさ。戦争《せんそう》の話《はなし》よく聞《き》いてえらかったから、

三　だんご汁

ばあちゃん、みんなに食《た》べてもらったんだよ」

「ひえー!。これって戦争中《せんそうちゅう》の食《た》べ物《もの》なの、おいしいよなあ、雄太《ゆうた》。お代《か》わりしたいぐらいだよ」と紘《こう》ちゃん。

「わたしだって、何杯《なんばい》でも食《た》べられるわよ」

公《きみ》ちゃんは、一番《いちばん》に食《た》べ終《お》わりました。

「これはな、ばあちゃんの田舎《いなか》では〝だんご汁《じる》〟って言《い》ってな、戦争《せんそう》も終《お》わりのころには、白《しろ》いだんごは茶色《ちゃいろ》のだんごに変《か》わっていた。食《た》べられたもんじゃなかった。ひもじゅうてもこればっかりは、のどに入《はい》っていかなかったねえ。〝ふすま〟って言《い》ってな、麦《むぎ》を粉《こな》にしてふるった後《あと》に残《のこ》った、麦《むぎ》の皮《かわ》なんだよ。家畜《かちく》の餌《えさ》なんだよなあ。それでも、母《かあ》さんたちは少《すこ》しだけ白《しろ》い粉《こな》をつなぎにして、ふすまのだんごにしたんだよ」

「………」

「………」

三　だんご汁

「少《すこ》しだけ、なぜ白《しろ》い粉《こな》を入《い》れるの？　おまじないなの？」

「いいや、白《しろ》い小麦粉《こむぎこ》を入《い》れなきゃ、ばらばらしていてな、だんごにならないんだよ。汁《しる》だって、みそもしょうゆもないから塩《しお》だけの味《あじ》だったよ」

「ぼく、茶色《ちゃいろ》のだんご汁《じる》食《た》べてみたい」

　紘《こう》ちゃんの好奇心《こうきしん》が、また頭《あたま》をもたげました。

「こればっかりは、食《た》べさせるわけにはいかん。腹《はら》が騒《さわ》ぎだす」

「ねえ、ばあちゃん、戦争中《せんそうちゅう》、ずーっと食《た》べる物《もの》なかったの」

「戦争《せんそう》も初《はじ》めのうちは、そんなことはなかったねえ。配給《はいきゅう》ってのがあってね。お米《こめ》などはお国《くに》で配《くば》ってくれた。でもな、戦争《せんそう》も激《はげ》しくなると、その配《くば》られる量《りょう》がだんだんと少《すく》なくなってな。それでもみんなのように、これから大《おお》きく育《そだ》っていく子《こ》どものいる家《いえ》には、少《すこ》しだけ多《おお》めに配《くば》られていた。子《こ》どもは、国《くに》の宝《たから》だものなあー」

「子《こ》どもって、国《くに》の宝《たから》なの？」

まあちゃんが、びっくりしたように言《い》いました。

「そうだよ。パパやママにだって宝《たから》なんだよ、わかるだろう。お国《くに》だって、丈夫《じょうぶ》な子《こ》に育《そだ》ってほしいから、食糧《しょくりょう》を多《おお》めにくれたんだね」

「………」

「………」

「………」

「食《た》べる物《もの》がなくて、日本中《にほんじゅう》の人《ひと》が苦《くる》しんだのは、戦争《せんそう》の後《あと》だった。食《た》べる物《もの》がなくて死《し》んだ人《ひと》もいた。それに、いろんな種類《しゅるい》のものを食《た》べないから栄養失《えいようしっ》調《ちょう》になって死《し》んだ人《ひと》も出《で》た」

「いつだったか、テレビで骨《ほね》と皮《かわ》になった子《こ》どもが映《うつ》っていたけど、その子《こ》の頭《あたま》や顔《かお》に、ハエがたくさん止《と》まっていた。それに、はだしで歩《ある》いているんだよ」

伸《しん》くんが急《きゅう》に叫《さけ》びました。

三　だんご汁

「わたしも見《み》たわ。かわいそうだった」

公《きみ》ちゃんも見《み》ていたようです。

「〝ひもじい〟ってこと、今《いま》の子《こ》たちにはわからんだろうなあ。のどから手《て》が出《で》るほどお腹《なか》が空《す》いた。日本《にほん》の子《こ》どもたちは、しょっちゅう、お腹《なか》を空《す》かしていてねえ、食《た》べられるものは何《なん》でも食《た》べた。道端《みちばた》の草《くさ》やいものツルなんか取《と》って食《た》べたもんだ」

「ばあちゃんもお腹空《なかす》かしていたの？」

「そうさ、だから食《た》べちゃいけないって言《い》われていた桑《くわ》の実《み》など、隠《かく》れて食《た》べたよ。そんなことでは、腹《はら》の足《た》しにはちっともならんかったけどね。口《くち》を動《うご》かしていりゃ、気分《きぶん》が落《お》ち着《つ》いたんだねえ」

「お米《こめ》や野菜《やさい》など、お百姓《ひゃくしょう》さんはつくらなかったの？」

「つくったよ。でもな、戦争《せんそう》が終《お》わった後《あと》、戦地《せんち》（戦場《せんじょう》）にいた兵隊《へいたい》さんだの、外国《がいこく》で働《はたら》いていた家族《かぞく》が、次《つぎ》から次《つぎ》に日本《にほん》に帰《かえ》ってきてね。そんなこともあって、いくらつくっても、足《た》りないんだよ。ばあちゃんの家《いえ》だって、近《ちか》くの空《あ》き地《ち》を開《かい》こん（掘《ほ》り起《お》こして）して食《た》べる物《もの》をつくった。どこの家《いえ》だってそうだったよ」

「お百姓《ひゃくしょう》さん家《ち》の子《こ》は、ひもじくなかったの？」

照美《てるみ》ちゃんが聞《き》きました。

「いいや、農家《のうか》の子《こ》も同《おな》じさ。少《すこ》しはよかったかもしれんがなあ。取《と》れた米《こめ》は、お国《くに》に供出《きょうしゅつ》（出《だ》すこと）しなきゃあならん。それに農家《のうか》でない家《いえ》の人《ひと》が入《い》れ代《か》わり、立《た》ち代《か》わり、買《か》いに来《く》るのさ。『買《か》い出《だ》し』っていってな、米《こめ》だけじゃなくて、麦《むぎ》や小麦粉《こむぎこ》やいもや野菜《やさい》なんか（など）を……」

「食《た》べる物《もの》はなくても、お金《かね》はあったの？」

「お金《かね》も決《き》められただけしか、使《つか》えなかった」

「じゃあどうすればいいんだ。みんな、腹空《はらす》かして死《し》んじゃえっていうの！」

紘《こう》ちゃんが怒《おこ》りだしました。「がやがや」とうるさくなりました。

三　だんご汁

「〝竹《たけ》の子生活《こせいかつ》〟が始《はじ》まったんだよ」

「〝竹《たけ》の子生活《こせいかつ》〟？　なんなんだ、それって」

健《けん》ちゃんがつぶやきました。

「ほら竹《たけ》の子《こ》ってのは、一枚《いちまい》一枚《いちまい》皮《かわ》をはいでいくだろう。あれと同《おな》じように、お米《こめ》やいもを手《て》にするために、一《ひと》つひとつ脱《ぬ》いでいったのさ。そうやって母《かあ》さんたちは、家族《かぞく》の食《た》べ物《もの》を手《て》に入《い》れていったんだ」

「その人《ひと》たち裸《はだか》になっていったの？」

(信《しん》じられない)って言《い》うように、みな顔《かお》を見合《みあ》わせました。

「ホッホッホッ」

ばあちゃんは、鳩《はと》の鳴《な》き声《ごえ》のようないつもの笑《わら》いをしました。

「そんなことはしないよなあ。タンスの中《なか》の着物《きもの》や帯《おび》を一枚《いちまい》ずつ持《も》ち出《だ》しては、食《た》べる物《もの》と取《と》り替《か》えてもらったんだよ」

「……………」

三　だんご汁

「………」

「………」

「大変《たいへん》だったんだなあー。でも取《と》り替《か》えるものがなくなったらどうするの」

「そうなんだよなあ。まあちゃんの言《い》うとおりだ。家《いえ》にあるお宝物《たからもの》、ほらテレビでやってるだろう、あれさ。金目《かねめ》のもの（値段《ねだん》の高《たか》そうな物《もの》）は、片《かた》っ端《ぱし》からお米《こめ》や麦《むぎ》やいもに代《か》えたんだよ。ヤミ米《ごめ》といってね、高《たか》い値段《ねだん》で買《か》わされることも多《おお》かったらしい。

そうやって、生《い》き延《の》びてきたんだねえ。子《こ》どもも年寄《としよ》りも男《おとこ》も女《おんな》も、必死《ひっし》だった。いじめたり、いやがらせをやったりしているひまは、なかったねえ。あのころのお父《とう》さんやお母《かあ》さんは、大変《たいへん》な苦労《くろう》をして、家族《かぞく》を養《やしな》ったんだよ」

「あっ、思《おも》い出《だ》したわ！」。ママが急《きゅう》に大《おお》きな声《こえ》を出《だ》しました。

みんなは、一斉《いっせい》にママを見《み》ました。

「『ひもじい』って言《い》えばかわいそうな象《ぞう》の話《はなし》。みんなの中《なか》には知《し》ってる人《ひと》もいるんじゃない？」

「知《し》らない」と言《い》うように、みんなは頭《あたま》を左右《さゆう》に振《ふ》りました。照美《てるみ》ちゃんが急《きゅう》に、

「戦争中《せんそうちゅう》、お腹《なか》を空《す》かして死《し》んでいった象《ぞう》の話《はなし》？　それだったら知《し》っている。わたし図書館《としょかん》の本《ほん》で読《よ》んだことがある。心《こころ》に焼《や》き付《つ》いていて、忘《わす》れられない話《はなし》だった……」

ママはうなずきました。みんなは「その話聞《はなしき》きたい」と口々《くちぐち》に言《い》いました。

「戦争《せんそう》が激《はげ》しくなって、あちこちに爆弾《ばくだん》が落《お》とされるようになってね、動物園《どうぶつえん》では、猛獣《もうじゅう》をこのままにしておくと危《あぶ》ない。町《まち》に逃《に》げ出《だ》してしまったら大変《たいへん》なことになる、殺《ころ》すしかない、ということになったのね」

「………」

「………」

ママは一気《いっき》にここまで話《はな》しました。

三　だんご汁

「そこで動物園《どうぶつえん》では、猛獣《もうじゅう》たちの餌《えさ》に少《すこ》しずつ毒《どく》をまぜて、命《いのち》を絶《た》つことにしたの。

つぎつぎと猛獣《もうじゅう》たちは死《し》んでいったのね。ところが、かしこい象《ぞう》は、餌《えさ》の中《なか》に毒《どく》が混《ま》ぜられていることを見抜《みぬ》いたのね。だから食《た》べなかったの……。

餌《えさ》を食《た》べない象《ぞう》は、みるみる元気《げんき》をなくし、立《た》っているのもやっとなのに、それでも餌《えさ》を食《た》べない。そのうち象《ぞう》は、芸《げい》をすると餌《えさ》がもらえたことを思《おも》い出《だ》したのか、やっとのことで鼻《はな》を持《も》ち上《あ》げると、ひっしで芸《げい》を始《はじ》めたのね……」

ここまで話《はな》すと、ママはそっと涙《なみだ》をぬぐいました。

公《きみ》ちゃんも由美《ゆみ》ちゃんも、まあちゃんも、照美《てるみ》ちゃんも、よし子《こ》ちゃんも泣《な》きそうな顔《かお》をしています。健《けん》ちゃんも、伸《しん》ちゃんも、雄《ゆう》くんは、うつむいてしまいました。

「そしてどうなったの象《ぞう》は！」

紘《こう》ちゃんが『もうがまんできない』というように、大《おお》きな声《こえ》で聞《き》きました。

三　だんご汁

「象《ぞう》は、来《く》る日《ひ》も来《く》る日《ひ》も芸《げい》を続《つづ》けたけど、とうとう力《ちから》つきて死《し》んでしまったの……」

まあちゃんは、とうとう声《こえ》を出《だ》して泣《な》きだしてしまいました。

「この話《はなし》は本当《ほんとう》にあったことなのよ。戦争《せんそう》って、人間《にんげん》だけがひどいめにあうんじゃないのね『かわいそうな象《ぞう》』の本《ほん》を、ぜひ大勢《おおぜい》の子《こ》どもたちに読《よ》んでもらいたいわ」

ママが言《い》いました。ばあちゃんは「そうだよ　そうだよ」と言《い》うようにうなずきました。

「ねえ、ばあちゃん。ぼくのおばあちゃんのお母《かあ》さん、満州《まんしゅう》っていう所《ところ》から引《ひ》き揚《あ》げてきたんだって。敵《てき》の中《なか》を逃《に》げて帰《かえ》って来《く》るのは命《いのち》がけだったたって……」

雄《ゆう》くんは以前《いぜん》聞《き》いたことのある、外地《がいち》から引《ひ》き揚《あ》げてきたおばあちゃんのお母《かあ》さんのことを、急《きゅう》に思《おも》い出《だ》しました。

三　だんご汁

「そうらしいねえ。食《た》べる物《もの》がないどころじゃなかったらしいねえ。もっとひどかった。

逃《に》げる途中《とちゅう》で子《こ》どもを亡《な》くしたり、子《こ》どもを知《し》らない人《ひと》に、預《あず》けたりするしかなかったっていう話《はなし》を聞《き》いたねえ。そうするしか、なかったんだねえ。かわいいわが子《こ》を捨《す》てる親《おや》なんて、どこの世界《せかい》にも、いないよねえ」

「戦争《せんそう》ってなぜするの、みんながひどい目《め》にあうのに……」

よし子《こ》ちゃんがぽつりと言《い》いました。

「今《いま》だって戦争《せんそう》してるじゃない。なぜなの！」

「ばあちゃん、戦争《せんそう》なぜやるの？」

まあちゃんと由美《ゆみ》ちゃんも聞《き》きました。

「国《くに》どうしが仲良《なかよ》くしたら、戦争《せんそう》にはならないんじゃないか。ぼくたちのように、仲良《なかよ》くすればいいんだよ」

「紘《こう》ちゃんの言《い》うとおり、仲良《なかよ》くすれば、戦争《せんそう》はなくなるかもしれんが、それぞれの国《くに》の都合《つごう》があるから、簡単《かんたん》には仲良《なかよ》しになるってわけにはいかんのだよねえ。でもな、みんなが大《おお》きくなるころには、よし子《こ》や健太《けんた》のパパのように、お仕事《しごと》で、よその国《くに》で働《はたら》く人《ひと》が増《ふ》えてくるだろう、みんなが大《おお》きくなったら、よその国《くに》の人《ひと》とも仲良《なかよ》くして、戦争《せんそう》なんてない世《よ》の中《なか》にしておくれ」

「ぼく、子《こ》どもは国《くに》の宝《たから》だって言《い》ったばあちゃんの言葉《ことば》の意味《いみ》、わかったよ！」

紘《こう》ちゃんが突然《とつぜん》叫《さけ》びました。


もうすぐよし子《こ》ちゃんと健《けん》ちゃんのパパは、キルギスから帰《かえ》ってきます。

（パパはキルギスの人《ひと》と、どうやって仲良《なかよ》くしているのかなあ）

（言葉《ことば》がわからなくっても、仲良《なかよ》くできるのかなあ）

健《けん》ちゃんは、パパにいろいろと教《おそ》わらなくっちゃと思《おも》いました。

（そのときには、紘《こう》ちゃんや雄太《ゆうた》たちも呼《よ》ぶんだ。それに公《きみ》ちゃんたち。よっ

子《こ》たち四年生《よねんせい》もだ。多《おお》いほどいいもんなあ）

健《けん》ちゃんは立《た》ち上《あ》がって、戸《と》を開《あ》けました。外《そと》の冷《つめ》たい風《かぜ》が、ヒューッと吹《ふ》き込《こ》んできました。もうすぐクリスマス、そしてお正月《しょうがつ》です。

春《はる》になると、みな一《ひと》つずつ上《うえ》の学年《がくねん》になります。ばあちゃんは、子《こ》どもたちのきらきらと光《ひか》る目《め》を見《み》て、満足《まんぞく》そうに、にこにこしています。

四　マストの日《ひ》の丸《まる》

（美子先生《よしこせんせい》は、五目寿司《ごもくずし》がお好《す》きだったなあ。甘《あま》いものがお好《す》きだったから、ゆであずきなど、どうだろう）

今日《きょう》は朝《あさ》からばあちゃんは、そわそわして落《お》ち着《つ》きません。二十年《にじゅうねん》ぶりにお友達《ともだち》が訪《たず》ねてくるのです。

「健太《けんた》、誰《だれ》だったか『戦争《せんそう》が終《お》わった後《あと》、外地《がいち》から引《ひ》き揚《あ》げてきたときのこと、聞《き》きたいなー』って言《い》ってた子《こ》がいたねえ」

「えっ！」

急《きゅう》な話《はなし》に、健《けん》ちゃんは一瞬《いっしゅん》驚《おどろ》きました。

「覚《おぼ》えてないけど、紘《こう》ちゃんか雄《ゆう》くんだと思《おも》うよ。ひょっとしたら、伸《しん》ちゃんかも……」

「今日《きょう》みえるばあちゃんのお友達《ともだち》は、外地《がいち》から引《ひ》き揚《あ》げて来《こ》られた人《ひと》なんだ。どうだね、お話《はなし》聞《き》きたかったら、お願《ねが》いしてあげるよ」

「へー。チャンスだね。でもみんなにも予定《よてい》があるから、学校《がっこう》で聞《き》いてみるよ」

「遅《おそ》くなったー」と叫《さけ》びながら、健《けん》ちゃんは飛《と》び出《だ》していきました。

三時近《さんじちか》く、健《けん》ちゃんは紘《こう》ちゃん、伸《しん》ちゃん、雄《ゆう》くん、公《きみ》ちゃんの、五年生仲《ごねんせいなか》良《よ》し仲間《なかま》と帰《かえ》ってきました。玄関《げんかん》いっぱいになりました。隅《すみ》に小《ちい》さい黒《くろ》い革靴《かわぐつ》があります。紘《こう》ちゃんがその靴《くつ》を指差《ゆびさ》して、すぐにその指《ゆび》で口《くち》を押《お》さえ「しーっ」と言《い》いました。そして、

「こんにちは。お話《はなし》聞《き》かせてください」と静《しず》かに言《い》いました。

今日《きょう》はとても行儀《ぎょうぎ》がいいです。健《けん》ちゃんが、「ばあちゃんの友達《ともだち》って、昔《むかし》、学校《がっこう》の先生《せんせい》だったんだって！」と言《い》ったからなのです。

四　マストの日の丸

「おやおや、やっぱり来《き》たね。待《ま》っていたよ」

ばあちゃんの後《あと》について座敷《ざしき》に入《はい》ると、白髪《はくはつ》の、上品《じょうひん》なおばあちゃんが座《すわ》っていました。

「さあさあ、ここにおいで」

美子《よしこ》おばあちゃんに誘《さそ》われて、みんなは、美子《よしこ》おばあちゃんの前《まえ》に座《すわ》りました。

「どんなことが知《し》りたいの」

「えーっと、終戦《しゅうせん》のとき、おばあちゃんはどこにいたんですか？」

「天皇陛下《てんのうへいか》のお言葉《ことば》を聞《き》いたのは、北朝鮮《きたちょうせん》（朝鮮民主主義人民共和国《ちょうせんみんしゅしゅぎじんみんきょうわこく》）の新義州《しんぎしゅう》っていう所《ところ》だったの。いまのシニジュね。そこは中国《ちゅうごく》（中華人民共和国《ちゅうかじんみんきょうわこく》）と北朝鮮《きたちょうせん》の国境《こっきょう》近くでね、鴨緑江《おうりょっこう》（ヤールー川《がわ》）という川《かわ》がその境《さかい》になっているのね。わたしはそこで生《う》まれ、そこで育《そだ》って、そこで学校《がっこう》の先生《せんせい》になる勉強《べんきょう》をしたのね。先生《せんせい》になった年《とし》の十二月《じゅうにがつ》だったわ、戦争《せんそう》が始《はじ》まったのは」

「おい地図帳《ちずちょう》！」

紘《こう》ちゃんが大《おお》きな声《こえ》で言《い》いました。土地《とち》の名前《なまえ》を聞《き》くと、さっと地図帳《ちずちょう》を取《と》り出《だ》すくせがついたようです。

「新義州《しんぎしゅう》、新義州《しんぎしゅう》……」

「違《ちが》うよ、シニジュだよ。シニジュ！」

「いったいどこにあるんだ！」

「外国《がいこく》だもの、日本《にほん》を探《さが》したってありっこないさ。日本海《にほんかい》の向《む》こう、朝鮮半《ちょうせんはん》島《とう》を見《み》てみな」

ばあちゃんは、そう言《い》いながら、一緒《いっしょ》に地図《ちず》を見《み》ました。

「朝鮮半島《ちょうせんはんとう》ってばあちゃん、どこ……」

「海《うみ》の向《む》こう、九州《きゅうしゅう》の先《さき》の方《ほう》だよ」

伸《しん》ちゃんと雄《ゆう》くんは、なかなか見《み》つからないようです。早《はや》く見《み》つけた公《きみ》ちゃんが「ここだよ!」と指差《ゆびさ》して教《おし》えてあげました。

「なーんだ、ここかあー。国境《こっきょう》ってどこだ」

「ずーっと北に上《あ》がっていくの!」。また公《きみ》ちゃんが教《おし》えてあげました。

「これが国境《こっきょう》かあー、あった! あった!」

みんなは、健《けん》ちゃんと公《きみ》ちゃんのグループに分《わ》かれて、地図帳《ちずちょう》でシニジュ(新義州《しんぎしゅう》)を確認《かくにん》しました。

「なぜそんな遠《とお》くへ行《い》ったんですか?」

「詳《くわ》しいことは、これから学校《がっこう》でも勉強《べんきょう》するでしょう。国《くに》の政策《せいさく》で、多《おお》くの日本人《にほんじん》が朝鮮半島《ちょうせんはんとう》や、昔《むかし》、満州《まんしゅう》と言《い》われていた所《ところ》に、移《うつ》り住《す》んだ時代《じだい》があったのね。国策《こくさく》(国《くに》の方針《ほうしん》)で私《わたし》の両親《りょうしん》も日本《にほん》から新義州《しんぎしゅう》(シニジュ)に移《うつ》り住《す》んだわけ」

「そこは、朝鮮《ちょうせん》の人《ひと》ばっかりだったんですか?」

「そこには何万《なんまん》という日本人《にほんじん》が住《す》んでいて、小学校《しょうがっこう》、中学校《ちゅうがっこう》、大学《だいがく》とほとんどの学校《がっこう》があり、鉄道《てつどう》や大《おお》きなお店《みせ》もたくさんありましたよ。

終戦《しゅうせん》の天皇《てんのう》のお言葉《ことば》は聞《き》き取《と》れなくて、敗戦《はいせん》を知《し》ったのは町会長《ちょうかいちょう》さんの、『軍隊《ぐんたい》（日本《にほん》の）は武装解除《ぶそうかいじょ》、刑務所《けいむしょ》の囚人《しゅうじん》が解放《かいほう》（解《と》き放《はな》す）されたので戸《と》締《じ》まりに気《き》を付《つ》けてください』っておふれがあって、初《はじ》めて知《し》ったのね。

灯火管制《とうかかんせい》はあったけど、爆弾《ばくだん》が落《お》とされる前《まえ》に、終戦《しゅうせん》になったのね」

「武装解除《ぶそうかいじょ》って、どういうことですか？」

伸《しん》ちゃんの質問《しつもん》に、

「日本《にほん》の軍隊《ぐんたい》が、持《も》っている鉄砲《てっぽう》や弾《たま》を手放《てばな》して戦《たたか》う力《ちから》をなくすこと、と言《い》ったらいいかな」。ばあちゃんが言《い》いました。

「じゃあ灯火管制《とうかかんせい》って？」

雄《ゆう》くんの質問《しつもん》に、

「敵《てき》の飛行機《ひこうき》に見《み》つからないように、夜《よる》、電気《でんき》を消《け》したり暗《くら》くしたりするんだよねえ。そうだよねえ、ばあちゃん」

紘《こう》ちゃんが言《い》いました。紘《こう》ちゃんは、ばあちゃんの話《はなし》をよく覚《おぼ》えていました。

「じゃあ日本《にほん》のほうがひどかったんだ。空襲《くうしゅう》で爆弾《ばくだん》を落《お》とされて、家《いえ》は焼《や》かれるし……」

「そう、原子爆弾《げんしばくだん》だって落《お》とされたんだよ」

健《けん》ちゃんと紘《こう》ちゃんは、ばあちゃんから聞《き》いた話《はなし》を思《おも》い出《だ》しました。

「間《ま》もなくソ連《れん》（ソビエト社会主義《しゃかいしゅぎ》共和国連邦《きょうわこくれんぽう》・現《げん》ロシア）から侵攻《しんこう》して（攻《せ》めて）きた兵隊《へいたい》が、日本人《にほんじん》の家《いえ》を片《かた》っ端《ぱし》から狙《ねら》って、押《お》しかけてきてね、つぎつぎと家財道具《かざいどうぐ》に紙《かみ》を貼《は》っていくのね。『これはおれたちの物《もの》！　持《も》っていってはならぬ』って言《い》うことなのね」

「そんな勝手《かって》なことされても見《み》ているだけなんですか。何《なん》にも言《い》えないんですか？　自分《じぶん》たちの物《もの》なんでしょう？」

伸《しん》ちゃんは「なぜなんだ！」と怒《おこ》った顔《かお》をしています。

「そう。だけれどもね、日本《にほん》は戦争《せんそう》に敗《ま》けたんだから、何《なに》をされても文句《もんく》は言《い》えないの。日本《にほん》の兵隊《へいたい》さんは傍《そば》にいても手《て》だしもできないのね。『女《おんな》は用心《ようじん》しろ！　隠《かく》れろ！』と言《い》われて、それはおそろしかった。その度《たび》にわたしたち日本人《にほんじん》は家《いえ》を変《か》え逃《に》げたのね。短《みじか》い間《あいだ》に、わたしの家族《かぞく》も知人《ちじん》や友《とも》達《だち》を頼《たよ》って、七回《ななかい》も家《いえ》を変《か》えたわ。

戦争《せんそう》に敗《ま》けるということは、生命《せいめい》も財産《ざいさん》も、守《まも》ってくれるものがなくなってしまうということなのね」

「一日《いちにち》で生活《せいかつ》が変《か》わってしまったんですねえ」

ばあちゃんが言《い》いました。

「そうなんです。何《なに》がどうなったのか、わからないまま、右往左往《うおうさおう》の生活《せいかつ》が続《つづ》きましたよ。

ところがそれ以上《いじょう》に新義州《しんぎしゅう》（シニジュ）から日本《にほん》に帰《かえ》ってくるまでが大変《たいへん》だった。よく生《い》きて帰《かえ》ってこられたと、いまでも思《おも》いますよ。

これから先《さき》、途中《とちゅう》で何《なに》が起《お》こるかわからない、もしかしたら、生《い》きては帰《かえ》れないかもしれないけれど、でも『自分《じぶん》の国《くに》に帰《かえ》ろう』だれもがそう思《おも》いましたねえ。『国破《くにやぶ》れて山河《さんが》あり』帰《かえ》る所《ところ》があるということは、本当《ほんとう》にありがたいことだと心《こころ》から思《おも》いましたよ。この気持《きも》ち、五年生《ごねんせい》のみなさんにはまだ難《むずか》しいかな」

美子《よしこ》おばあちゃんは頭《あたま》をかしげて、みんなの顔《かお》を見《み》ました。

「朝鮮半島《ちょうせんはんとう》の北《きた》からの旅《たび》、それだけでも大変《たいへん》なのに、戦争《せんそう》に敗《ま》けた国《くに》の国民《こくみん》が、大勢《おおぜい》引《ひ》き揚《あ》げてきたわけです。その苦労《くろう》は、言葉《ことば》では伝《つた》えられませんねえ」

「日本《にほん》に帰《かえ》るには、船《ふね》に乗《の》らなきゃならないでしょう。どこから船《ふね》に乗《の》ったんですか？」

公《きみ》ちゃんが尋《たず》ねました。

「半島《はんとう》の先端《せんたん》に釜山《フサン》（プサン）っていう所《ところ》があるでしょう、ここから船《ふね》に乗《の》ることになっていてね……」

「見《み》てみろよ！　プサンってここだよ、新義州《しんぎしゅう》（シニジュ）からここまで逃《に》げてきたんだよ」

「すげー、東京《とうきょう》から九州《きゅうしゅう》に行《い》くぐらいあるんじゃないか！」

「電車《でんしゃ》で移動《いどう》したんですか」

美子《よしこ》おばあちゃんは、ゆっくりと頭《あたま》を左右《さゆう》に振《ふ》りました。

「町会《ちょうかい》ごとに引《ひ》き揚《あ》げのお世話《せわ》をしてくれることになったので、ほんの少《すこ》しになってしまった荷物《にもつ》をまとめて、引《ひ》き揚《あ》げの日《ひ》を待《ま》っていたのね。やがて汽《き》車《しゃ》に乗《の》って平壌《へいじょう》（ピョンヤン）まで行《い》くことになったのね。しばらくして、『着《つ》いたから降《お》りろ！』と言《い》われて降《お》りたんだけれど、そこは平壌《へいじょう》（ピョンヤン）じゃなかった。知《し》らない所《ところ》へ放《ほう》り出《だ》されてしまったのね。そこからは、日本人《にほんじん》どうしでお金《かね》を出《だ》しあってトラックをやとってね。（トラックが来《き》たから荷物《にもつ》をのっけたら、そのまま荷物《にもつ》を持《も》っていかれてしまって……。そんなこともあったわ。）

　とにかくトラックは暗《くら》い山《やま》の中《なか》、家《いえ》のないところを一日中《いちにちじゅう》、一晩中走《ひとばんじゅうはし》った。どこを走《はし》っているのか、どこにいるのか、場所《ばしょ》もわからないまま、また降《お》ろされた。トラックの運転手《うんてんしゅ》が、ソ連兵《れんぺい》に買収《ばいしゅう》されていたらしく、そこで、日本人《にほんじん》一人《ひとり》ひとりの身体検査《しんたいけんさ》が始《はじ》まったの」

「なぜ、そんなことをするんですか？」。伸《しん》ちゃんの質問《しつもん》に、美子《よしこ》おばあちゃんは、

「きっと、金目《かねめ》（金《かね》になりそうな物《もの》）の物《もの》でも持《も》っていないか、探《さが》したんでしょうね。

　若《わか》い女性《じょせい》は後《うし》ろのほうに隠《かく》れたけど、最後《さいご》のほうは、ソ連兵《れんぺい》との銃撃戦《じゅうげきせん》（銃《じゅう》の打《う》ち合《あ》い）になって……。その後《あと》は、どこだかもわからない山《やま》の中《なか》を一晩中歩《ばんじゅうある》いて……。川《かわ》の水《みず》を飲《の》んだり、橋《はし》の下《した》に寝《ね》たり、一週間《いっしゅうかん》ほどそんな日《ひ》が続《つづ》いたの。そんなだから、食《た》べる物《もの》はなし、畑《はたけ》の作物《さくもつ》をとって食《た》べたり、水《みず》でお腹《なか》を満《み》たしたのね。

考《かんが》えられないでしょう？　それでも『わたしたちの国《くに》がある』、『わたしたちの国日本《くににほん》に帰《かえ》るんだ！』『帰《かえ》りたい！』という気持《きも》ちは、一度《いちど》も消《き》えなかったわ。だから頑張《がんば》れたのね」

「………」

「………」

「でもね、幼《おさな》い子《こ》ども、なかでも赤《あか》ちゃんは、かわいそうだった。食物《しょくもつ》を何《なに》も食《た》べていないから、お母《かあ》さんのおっぱいが出《で》ないのよ。やせ細《ほそ》った赤《あか》ちゃんは、トラックの中《なか》や橋《はし》の下《した》で、なかには真《ま》っ暗《くら》な道《みち》を歩《ある》いているとき、お母《かあ》さんの腕《うで》の中《なか》で死《し》んでいった。

また、逃《に》げる途中《とちゅう》、幼《おさな》い子《こ》どもを朝鮮《ちょうせん》の人《ひと》に預《あず》けたり、引《ひ》き取《と》ってもらったりした人《ひと》もいたのね。泣《な》き叫《さけ》びながら、朝鮮《ちょうせん》の人《ひと》に連《つ》れていかれた子《こ》ども……」

「捨《す》ててしまったの？」

四　マストの日の丸

「信《しん》じられないよ！」

紘《こう》ちゃんと雄《ゆう》くんが、大声《おおごえ》で叫《さけ》びました。

「ううん。そ、そうじゃないよ、どうにかして助《たす》けたいからだよ」

声《こえ》をつまらせながら、ばあちゃんが言《い》いました。

「そのとおりなんだよ。お母《かあ》さんも泣《な》きじゃくってね。むごいことだねえ。三十八度線《さんじゅうはちどせん》まで来《き》たとき、稲刈《いねかり》の終《お》えた田《た》んぼに隠《かく》れていると、アメリカ二世部隊《にせいぶたい》が助《たす》けにきてくれた。ここはアメリカの統治下《とうちか》（治《おさ》めるところ）だったので、順番《じゅんばん》に汽車《きしゃ》に乗《の》せられ、一週間《いっしゅうかん》ほどかかって、やっと釜山《フサン》（プサン）に着《つ》いた」

「おい見《み》ろよ。三十八度線《さんじゅうはちどせん》って、地図《ちず》にあるよ」

「ここまでで、やっと半分《はんぶん》の距離《きょり》じゃないか」

「でもね、ここからはそれまでのような、生地獄《いきじごく》の毎日《まいにち》ではなかったわねえ。釜山《フサン》（プサン）から、いよいよ日本《にほん》に帰《かえ》れる連絡船《れんらくせん》に乗《の》るとき、マストに日《ひ》の丸《まる》が上《あ》がっているのを見《み》てねえ、うれしかったねえ。あのとき、目《め》にした日《ひ》の丸《まる》の旗《はた》は、力強《ちからづよ》い救《すく》い主《ぬし》に会《あ》ったようで、初《はじ》めて、ホッとしました」

美子《よしこ》おばあちゃんは、ごくりとおいしそうにお茶《ちゃ》を飲《の》みました。

美子《よしこ》おばあちゃんがマストの日《ひ》の丸《まる》を見《み》たのは、逃《に》げるように新義州《しんぎしゅう》（シニジュ）を出《で》てから、約《やく》二《に》カ月後《げつのち》のことでした。美子《よしこ》おばあちゃんは今《いま》、そのとき「さようなら」も言《い》えずに別《わか》れた、受《う》け持《も》ちの子《こ》どもたちや、卒業式《そつぎょうしき》をすることができなかった教《おし》え子《ご》たちと、年《ねん》一回《いっかい》集《あつ》まっているそうです。

美子《よしこ》おばあちゃんのお話《はなし》を聞《き》き終《お》えた健《けん》ちゃんたちは、思《おも》わず「ふっ」とため息《いき》をつきました。

美子《よしこ》おばあちゃんのお話《はなし》は、信《しん》じられないようなお話《はなし》でした。戦争《せんそう》は、原子爆弾《げんしばくだん》や空襲《くうしゅう》だけではなかったんだと、戦争《せんそう》のおそろしさや、悲《かな》しさを思《おも》ったのでした。

五　昭和館《しょうわかん》

五　昭和館

「遅《おそ》くなっちゃった！」

健《けん》ちゃんは、ママにつくってもらったおにぎりの弁当包《べんとうづつ》みを急《いそ》いでバッグに詰《つ》め込《こ》むと、玄関《げんかん》を飛《と》び出《だ》しました。

（おやおや、あわてて行《い》ったけど忘《わす》れ物《もの》はないんだろうかねえ）

ばあちゃんは「迷子《まいご》にならんようにな。おじさんの言《い》うことをよく聞《き》くんだよ」と健《けん》ちゃんに言《い》いたかったのです。

今日《きょう》は、紘《こう》ちゃんのパパが、昭和館《しょうわかん》（平成十一年開館《へいせいじゅういちねんかいかん》）に連《つ》れていってくれるのです。

昭和館《しょうわかん》は、東京《とうきょう》の千代田区九段《ちよだくくだん》にあります。ここには、ばあちゃんから聞《き》いた戦争《せんそう》のことがよくわかる、いろいろな物《もの》が集《あつ》められているのです。本当《ほんとう》は、ばあちゃんも行《い》きたかったのですが、「みんなの足手《あしで》まといになるから」とやめたのです。

待《ま》ち合《あ》わせのお山《やま》の公園《こうえん》には、伸《しん》ちゃん、雄《ゆう》くん、隆《たか》ちゃん、公《きみ》ちゃんがもう来《き》ていました。いつもの五年生仲良《ごねんせいなかよ》し仲間《なかま》です。

五　昭和館

昭和館《しょうわかん》は九段下《くだんした》の駅《えき》から一分《いっぷん》のところにあります。半蔵門線《はんぞうもんせん》に乗《の》ると、健《けん》ちゃんたちの住《す》む町《まち》の駅《えき》からは、乗《の》り換《か》えなしで行《い》くことができます。こんな便《べん》利《り》な所《ところ》に、みんなの知《し》りたいことを集《あつ》めてある博物館《はくぶつかん》があるなんて、紘《こう》ちゃんのパパから聞《き》くまで、ばあちゃんも知《し》りませんでした。

「千代田区《ちよだく》って皇居《こうきょ》のある所《ところ》だろう、どんな所《ところ》かなあ～」

「ぼく、空襲《くうしゅう》で敵《てき》の飛行機《ひこうき》が爆弾《ばくだん》を落《お》としている様子《ようす》を知《し》りたい」

「わたし、戦災孤児《せんさいこじ》のこと、もっと知《し》りたいわ」

「新《あたら》しい発見《はっけん》だって、きっとあるよ」

五　昭和館

「ばあちゃん、来《く》るといろんなこと話《はな》してもらえるのになぁ」

電車《でんしゃ》の座席《ざせき》では、にぎやかに話《はなし》がはずんでいます。

昭和館《しょうわかん》は、本当《ほんとう》に駅《えき》から一分《いっぷん》の近《ちか》さにありました。武道館《ぶどうかん》や靖国神社《やすくにじんじゃ》の森《もり》がすぐそばにありました。昭和館《しょうわかん》は緑《みどり》のなかに銀色《ぎんいろ》にそびえたっていました。


「まず七階《ななかい》から見学《けんがく》するぞ」

ホール入《い》り口《ぐち》のエレベーターの前《まえ》で、紘《こう》ちゃんのパパが言《い》いました。

「そのあと六階《ろっかい》を見学《けんがく》する。エレベーターを降《お》りたら見学《けんがく》は自由《じゆう》にしよう。ただし、次《つぎ》のことは必《かなら》ず守《まも》ること。『大声《おおごえ》を出《だ》したり、走《はし》ったりしない』、人《ひと》の迷惑《めいわく》になるからな。それから六階《ろっかい》の見学《けんがく》を終《お》えたら、一度集合《いちどしゅうごう》。ここで展示《てんじ》は、終《お》わりだからな」

エレベーターが七階《ななかい》に止《と》まると、待《ま》ってましたとばかりに、みな急《いそ》ぎ足《あし》に降《お》りました。

五　昭和館

「おい見《み》ろよ、なんだこれ！」

紘《こう》ちゃんの声《こえ》で健《けん》ちゃん、伸《しん》ちゃん、雄《ゆう》くんが集《あつ》まってきました。

パネルは、大人《おとな》や子《こ》どもがたくさん集《あつ》まっている写真《しゃしん》でした。その集《あつ》まりの中《なか》に、「祝《しゅく》」と書《か》いた、たくさんののぼりが立《た》っています。のぼりは、三階建《さんがいだ》ての家《いえ》にもとどきそうな大《おお》きいものや、一階《いっかい》の屋根《やね》の高《たか》さほどのものなどがあります。人々《ひとびと》の集《あつ》まりの真《ま》ん中《なか》に、白《しろ》いたすきをかけた三人《さんにん》の男《おとこ》の人《ひと》が台《だい》の上《うえ》に立《た》っていて、右手《みぎて》を帽子《ぼうし》のところにつけて、兵隊《へいたい》さんの敬礼《けいれい》をしているのです。

健《けん》ちゃんたちは、なんだろうと思《おも》いました。

「パパだ！　パパをさがそう！」

紘《こう》ちゃんのパパは隆《たか》ちゃん、公《きみ》ちゃんと三人《さんにん》でビデオを見《み》ていました。

紘《こう》ちゃんたちの質問《しつもん》にパパは、

「出征兵士《しゅっせいへいし》を送《おく》っているんだ。出征《しゅっせい》って言《い》ってね、男《おとこ》は戦争《せんそう》にいく義務《ぎむ》があった。赤紙《あかがみ》（軍隊《ぐんたい》に入《はい》ることを命《めい》じた赤色《あかいろ》の紙《かみ》）がくると、町会《ちょうかい》や近所《きんじょ》の人《ひと》たちみんなで祝《いわ》って、日《ひ》の丸《まる》の旗《はた》を振《ふ》って送《おく》ったんだねえ」

「戦争《せんそう》に行《い》くことって、お祝《いわ》いだったの？」

「そういうふうに信《しん》じこんでいたんだねえ」

「『赤紙《あかがみ》』って、さっきあったわよ」

「えっ！　どこどこ」

みんなは、隆《たか》ちゃんと公《きみ》ちゃんの後《あと》について、ぞろぞろと移動《いどう》しました。ガラスケースの中《なか》に薄茶《うすちゃ》けた紙《かみ》がありました。「赤紙《あかがみ》」と説明《せつめい》がついていました。

「入隊《にゅうたい》の日《ひ》、時間《じかん》、場所《ばしょ》が書《か》いてある」

「すごい力《ちから》をもった紙《かみ》だったんだねえ。これじゃあ、逃《に》げ出《だ》せないよ」

「『いりません』って言《い》えなかったんかなあ」

「そうだよ。とんでもないことだ。そんなことをしたら、日本《にほん》には住《す》めない。国賊《こくぞく》（国《くに》に害《がい》を与《あた》える者《もの》）になる」

健《けん》ちゃんたちは、驚《おどろ》いて振《ふ》り向《む》きました。白《しろ》いひげのおじいさんがいました。

「戦争《せんそう》も、終《お》わりのころには、日本《にほん》の男子《だんし》は、年寄《としよ》りと病人《びょうにん》と子《こ》どもしか残《のこ》らなかった……」

白《しろ》いひげのおじいさんは、赤紙《あかがみ》を見《み》つめたまま言《い》いました。

「……」

「……」

おじいさんの真剣《しんけん》な顔《かお》を見《み》て、健《けん》ちゃんたちはハッとしました。きっと悲《かな》しい思《おも》い出《で》があるのだろうと思《おも》ったのです。みんなは、おじいさんのそばを静《しず》かに離《はな》れました。

「ちょっと見《み》てみて、これって何《なに》しているの」

公《きみ》ちゃんの指差《ゆびさ》したのは、大人《おとな》や子《こ》どもが、並《なら》んでバケツを手渡《てわた》ししている写《しゃ》真《しん》でした。

五　昭和館

隣《となり》にいたおばあさんが「町《まち》の人《ひと》たちで『火《ひ》』を消《け》す練習《れんしゅう》をしているんだよ」と教《おし》えてくれました。

「爆弾《ばくだん》が落《お》ちて火事《かじ》になったら、広《ひろ》がっていかないように、町《まち》の人《ひと》が力《ちから》をあわせて消《け》す、だからその練習《れんしゅう》をしたんだねえ」。知《し》らないおばあさんが、教《おし》えてくれました。

「空襲《くうしゅう》で敵《てき》の飛行機《ひこうき》が爆弾《ばくだん》を落《お》としたって、健《けん》ちゃんのばあちゃん、言《い》ってたねえ」

「ちょっと見《み》て、防空壕《ぼうくうごう》って書《か》いてある」

「防空壕《ぼうくうごう》ってこれかー。健《けん》ちゃんのばあちゃんから聞《き》いて、想像《そうぞう》していたのとだいぶ違《ちが》う、ぼく基地《きち》みたいだと思《おも》っていたよ」

紘《こう》ちゃんと健《けん》ちゃんが小声《こごえ》で話《はな》しています。

「ちょっと！　早《はや》く、早《はや》く！　これ見《み》て！」

伸《しん》ちゃんが指差《ゆびさ》した写真《しゃしん》には、たくさんの釜《かま》やヤカンの山《やま》があり、そばに数《かぞ》えきれないほどのお寺《てら》の鐘《かね》が集《あつ》められていました。

「健《けん》ちゃんのばあちゃんが言《い》ったとおりだよ！」

紘《こう》ちゃんが大《おお》きな声《こえ》で叫《さけ》び、あわてて口《くち》を押《お》さえました。

「やっぱりなぁ〜」

「昭和十七年十一月《しょうわじゅうしちねんじゅういちがつ》って書《か》いてある。戦争《せんそう》が始《はじ》まったのは昭和十六年《しょうわじゅうろくねん》の十二月《じゅうにがつ》だろう、一年《いちねん》で鉄《てつ》がなくなったんかー」

「君《きみ》たち何年生《なんねんせい》だね。すごいことに気付《きづ》いたね。頼《たの》もしいねえ」

知《し》らないおじさんにほめられ、みんないい気持《きも》ちです。

「見《み》てみろ、子《こ》どものおもちゃもあるよ」

「そんなの鉄砲《てっぽう》の弾《たま》になるの？」

「そこまで追《お》い詰《つ》められていたんだねえ〜」

紘《こう》ちゃんのパパが言《い》いました。

「見《み》てみて！　このランドセル！　竹《たけ》でできてる」

また伸《しん》ちゃんが、変《か》わったものを発見《はっけん》しました。

「すげー！　竹《たけ》のランドセルだ」

雄《ゆう》くんもびっくりしました。

「金属《きんぞく》だけではなく革《かわ》も必要《ひつよう》だったんだね、同《おな》じ戦場《せんじょう》でもソ連《れん》は寒《さむ》い。防寒用《ぼうかんよう》の毛皮《けがわ》や革《かわ》が必要《ひつよう》だったんだね」

「だから、ランドセルも戦争《せんそう》に使《つか》われたんだ！　ランドセルって革《かわ》だもんなあ」

信《しん》じられないようなことが、たしかにあったのです。

それから六階展示室《ろっかいてんじしつ》に行《い》きました。

(この部屋《へや》には何《なに》があるんだろう！)

みんなは、いそいそと階段《かいだん》を下《お》りました。

六階《ろっかい》は戦争《せんそう》の終《お》わった後《あと》の日本《にほん》の様子《ようす》でした。

公《きみ》ちゃんの知《し》りたい戦災孤児《せんさいこじ》のことがわかるかもしれません。

最初《さいしょ》に見《み》たのはつぶされたたくさんの家《いえ》でした。板《いた》や壁《かべ》が道《みち》の脇《わき》に積《つ》まれています。

「パパ、ここ東京《とうきょう》なの？」

紘《こう》ちゃんの問《と》いに、みな一斉《いっせい》に紘《こう》ちゃんのパパを見《み》ました。

高層住宅《こうそうじゅうたく》やたくさんのビルに囲《かこ》まれた、今《いま》の東京《とうきょう》しか知《し》らない健《けん》ちゃんたちは、信《しん》じられないのです。

「ああ、そうだよ。これ見《み》てごらん、国会議事堂《こっかいぎじどう》だろう」

パパの指差《ゆびさ》した先《さき》には、テレビでよく見《み》る、国会議事堂《こっかいぎじどう》の屋根《やね》がありました。

その前《まえ》は荒地《あれち》になっていて、兵隊《へいたい》さんのような人《ひと》が、地面《じめん》を耕《たがや》していました。

どこにも家《いえ》はありません。

「これ何《なに》してるの。戦争《せんそう》は終《お》わったんでしょう」

五　昭和館

「戦争《せんそう》が終《お》わった後《あと》、日本人《にほんじん》が一番苦《いちばんくる》しんだのは、食《た》べ物《もの》だった。だから、焼《や》け跡《あと》を耕《たがや》して食《た》べられる物《もの》を植《う》えた。ほら、ここに家《いえ》があるだろう、家《いえ》の周《まわ》りに少《すこ》しでも空《あ》き地《ち》があると、畑《はたけ》にしたんだねえ」

「えっ！　ちょっと待《ま》って！。これ家《いえ》なの？」

健《けん》ちゃんが聞《き》きました。

「バラックって書《か》いてある」

伸《しん》ちゃんが説明《せつめい》を読《よ》みました。

「バラックって何《なに》？」

隆《たか》ちゃんの質問《しつもん》にパパは、

「廃材《はいざい》（捨《す》てられている木材《もくざい》）を使《つか》って建《た》てた家《いえ》のことだ。きっと、あちこちから焼《や》け残《のこ》った廃材《はいざい》を寄《よ》せ集《あつ》めたんだろうなあ」

板《いた》を張《は》りつけただけの、物置小屋《ものおきごや》のような家《いえ》が、焼《や》け跡《あと》に建《た》っていて、その前《まえ》で、女《おんな》の人《ひと》が鍋《なべ》で食《た》べる物《もの》を煮《に》ていました。隣《となり》のパネルには、焼《や》け跡《あと》を歩《ある》いている母子《ははこ》の写真《しゃしん》があります、お父《とう》さんは死《し》んでしまったのでしょうか、二人《ふたり》はとてもさびしそうでした。

大《おお》きなパネルがあります。

列車《れっしゃ》の窓《まど》には、人《ひと》がぶら下《さ》がっています。窓《まど》だけではありません、列車《れっしゃ》の屋《や》根《ね》にも人《ひと》が乗《の》っているのです。最後《さいご》の車両《しゃりょう》には屋根《やね》がなくて、こぼれ落《お》ちそうに人《ひと》が乗《の》っていました。

紘《こう》ちゃんのパパが「引《ひ》き揚《あ》げ者《しゃ》じゃないかな」と言《い》ったけど、違《ちが》っていました。

説明書《せつめいしょ》に「買《か》い出《だ》し列車《れっしゃ》」とありました。その人《ひと》たちは、食《た》べ物《もの》を求《もと》めて、村《むら》や町《まち》の農家《のうか》に食《た》べる物《もの》を買《か》い出《だ》しに行《い》くのでした。

(ばあちゃんの言《い》ったとおりだ、田舎《いなか》だって食《た》べる物《もの》は、なかったんだもの。あっ！　竹《たけ》の子生活《こせいかつ》って書《か》いてある)

五　昭和館

健《けん》ちゃんは紘《こう》ちゃんの腕《うで》をひっぱって、「竹《たけ》の子生活《こせいかつ》」と書《か》いたところを指《ゆび》差《さ》しました。

紘《こう》ちゃんはわかったというように、「うん」とうなずきました。

健《けん》ちゃんと紘《こう》ちゃんは、ばあちゃんの話《はなし》を思《おも》い出《だ》したのです。

小学生《しょうがくせい》らしい子《こ》どもが並《なら》んでいて、大人《おとな》の人《ひと》が、頭《あたま》に白《しろ》い粉《こな》のようなものを振《ふ》りかけています。

写真《しゃしん》の女《おんな》の子《こ》たちは、顔《かお》をしかめています。

「これ、何《なに》してるんだろう？」

紘《こう》ちゃんのパパは「わからないなあ」と言《い》うように頭《あたま》をかしげました。

「そうだ、健《けん》ちゃん家《ち》のばあちゃんんだ！」

紘《こう》ちゃんの意見《いけん》で、不思議《ふしぎ》なことやわからないことはメモしておいて、健《けん》ちゃんのばあちゃんに聞《き》くことにしました。公《きみ》ちゃんはメモ係《がかり》です。さっそく、

①女《おんな》の子《こ》の頭《あたま》に粉《こな》をかけているのは？　とメモしました。
「これ、これ」。雄《ゆう》くんが写真《しゃしん》を指差《ゆびさ》しました。
②青空教室《あおぞらきょうしつ》？　公《きみ》ちゃんはまたメモしました。
「この子《こ》たち何《なに》してんだ。アメリカの兵隊《へいたい》と話《はなし》をしているんだろうか？」

「どこどこ！。違《ちが》うよ！　何《なに》かねだっているんだよ。手《て》を出《だ》してるじゃないか」
③アメリカの兵隊《へいたい》さんに、何《なに》かねだっている子《こ》どもたち？　公《きみ》ちゃんはまたメモしました。
「見《み》ろよ、この子《こ》たち、胸《むね》の骨《ほね》が骸骨《がいこつ》みたいだ！」

前《まえ》のほうにいた雄《ゆう》くんが振《ふ》り返《かえ》って、早《はや》く、早《はや》くと手招《てまね》きしました。

「いつかテレビで見《み》た外国《がいこく》の子《こ》どもと同《おな》じだ！　あの子《こ》たちも骨《ほね》だけにやせていた」

五　昭和館

「日本《にほん》も同《おな》じだったんだねえ」

「この人《ひと》たち、みんな大人《おとな》になれたの？」

隆《たか》ちゃんがつぶやきました。隣《となり》にいたおじさんが、

「栄養失調《えいようしっちょう》っていってね。やせるだけじゃなくて、反対《はんたい》にぱんぱんにむくむ人《ひと》もいた。食《た》べる物《もの》がないということは、おそろしいことだ。戦後《せんご》の日本《にほん》には、栄養失調《えいようしっちょう》で死《し》んだ大人《おとな》や子《こ》どもがたくさんいたんだよ。君《きみ》たちには考《かんが》えられないだろう」

健《けん》ちゃんは屋根《やね》の上《うえ》まで乗《の》っていた「買《か》い出《だ》し列車《れっしゃ》」を思《おも》い出《だ》しました。

（すげーなあ、ぼくも乗《の》ってみたい）と面白《おもしろ》そうに思《おも》ったことを反省《はんせい》しました。

五階《ごかい》の展示室《てんじしつ》に下《お》りる近《ちか》くに、戦争中《せんそうちゅう》の衣類《いるい》が並《なら》べてありました。「試着《しちゃく》してもよい」とありました。

「この防災《ぼうさい》ズキン触《さわ》ってみて！　わたしたちの防災《ぼうさい》ズキンと違《ちが》うわ」

五　昭和館

公《きみ》ちゃんの勧《すす》めで全員《ぜんいん》で触《さわ》ってみました。

「ね、厚《あつ》さが違《ちが》うでしょう！」

ズキンの厚《あつ》さは五《ご》センチほどもありました。だれも何《なに》も言《い》いませんでしたが、命《いのち》を守《まも》ることに本気《ほんき》だったんだと思《おも》いました。

「ここから五階《ごかい》だ。五階《ごかい》は映像《えいぞう》や音響室《おんきょうしつ》になる。知《し》りたいことを自分《じぶん》で選《えら》んで調《しら》べる部屋《へや》なんだ。みんなはメカに強《つよ》いから、それぞれ自分《じぶん》たちで調《しら》べるんだな」

「ぼく、敵《てき》の爆撃機《ばくげきき》が東京《とうきょう》を攻撃《こうげき》した写真《しゃしん》が見《み》たい」

「原子爆弾《げんしばくだん》の落《お》ちた跡《あと》を見《み》てみたい」

「この部屋《へや》は、そんな希望《きぼう》をかなえてくれるだろうよ。でも、もう一時《いちじ》を過《す》ぎた。今日《きょう》は六階《ろっかい》で終《お》わり。調《しら》べたいことがあったら、これからは仲間《なかま》で来《こ》られるだろう？」

「うん大丈夫《だいじょうぶ》だ。駅《えき》から一分《いっぷん》だもの」

「北《きた》の丸公園《まるこうえん》に行《い》くぞ！　そこで昼飯《ひるめし》だ！」

紘《こう》ちゃんのパパの掛《か》け声《ごえ》で、みな急《きゅう》にお腹《なか》が空《す》きました。

北《きた》の丸公園《まるこうえん》は昭和館《しょうわかん》のすぐそばでした。「ここは昔《むかし》、江戸城《えどじょう》の中《なか》だったんだよ」。紘《こう》ちゃんのパパが教《おし》えてくれました。

五年生仲良《ごねんせいなかよ》し仲間《なかま》は一斉《いっせい》にかけ出《だ》し、公園《こうえん》の中《なか》に入《はい》っていきました。

六　ばあちゃん、教《おし》えて！

六　ばあちゃん、教えて！

昨日《きのう》の風《かぜ》で、お山《やま》の公園《こうえん》のケヤキの木《き》も丸裸《まるはだか》になってしまいました。歩《ある》くたびに、落葉《おちば》がかさこそと音《おと》を立《た》てます。

藤《ふじ》だなの下《した》の日《ひ》だまりで、紘《こう》ちゃん、伸《しん》ちゃん、雄《ゆう》くんが夢中《むちゅう》になって、べーごまをやっています。近《ちか》ごろ、べーごまがはやっているのです。

公《きみ》ちゃんはお使《つか》いの帰《かえ》りに立《た》ち寄《よ》って、しばらく様子《ようす》を見《み》ていました。

そのうち、紘《こう》ちゃんのべーごまの周《まわ》りを、ぐるぐる回《まわ》っていた伸《しん》ちゃんのべーごまが、おこったように、紘《こう》ちゃんのべーごまに〝びゅーん、びゅーん〟と何度《なんど》も何度《なんど》もぶつかり、とうとう外《そと》に弾《はじ》き飛《と》ばしてしまいました。

「すごーい！」

公《きみ》ちゃんは思《おも》わず手《て》をたたきました。

べーごまの合戦《かっせん》はちょっと休戦《きゅうせん》になりました。

「ねえみんな、昭和館《しょうわかん》の宿題《しゅくだい》どうするの。ほら『何《なん》だろう』って言《い》ってた写《しゃ》真《しん》があったじゃない。あれ、わたしちゃんとメモしてあるわよ」

「そうだったなあ！　忘《わす》れてたよ」。紘《こう》ちゃんが頭《あたま》をかきながら言《い》いました。

「急《いそ》がないと、もうすぐ正月《しょうがつ》だよなあ……」

クリスマスまでには、健《けん》ちゃん家《ち》に行《い》くことに決《き》めました。

今日《きょう》は冬《ふゆ》にはめずらしく暖《あたた》かい日《ひ》です。水曜日《すいようび》は午前中《ごぜんちゅう》で学校《がっこう》は終《お》わります。紘《こう》ちゃん、伸《しん》ちゃん、公《きみ》ちゃんが健《けん》ちゃん家《ち》に集《あつ》まってきました。隆《たか》ちゃんは、遅《おく》れて来《く》ることになっています。雄《ゆう》くんはスイミングの級検定《きゅうけんてい》のため、来《こ》られません。

「ばあちゃん、こんにちは！　教《おし》えてもらいたいことがあって来ました」

「昭和館《しょうわかん》でのことかい？　ばあちゃんにわかるかな？」

六　ばあちゃん、教えて！

奥《おく》の部屋《へや》から、ばあちゃんは、にこにこしながら出《で》てきました。

「昭和館《しょうわかん》の見学《けんがく》は、大層《たいそう》よかったらしいわねえ。おばさんたちもお話聞《はなしき》きたいわ」

健《けん》ちゃんのママとよし子《こ》ちゃんが、仲間《なかま》に加《くわ》わりました。

「ええ、とってもよかったの。以前《いぜん》、ばあちゃんに戦争《せんそう》の話聞《はなしき》いていたので、写真《しゃしん》や品物《しなもの》を見《み》て、いろいろなことがよくわかったわ」

公《きみ》ちゃんは供出《きょうしゅつ》させられたという、たくさんの寺《てら》の鐘《かね》をふと思《おも》い出《だ》しました。

「でもね。お話《はなし》と写真《しゃしん》やパネルとではうんと違《ちが》うよ！　買《か》い出《だ》し列車《れっしゃ》のパネルを見《み》て驚《おどろ》いたよ。本当《ほんとう》に食《た》べる物《もの》がなかったんだねえ」

健《けん》ちゃんが言《い》いました。

「あのやせた子《こ》どもたち……。ばあちゃんの話《はなし》は、本当《ほんとう》だと思《おも》ったよ」

「そうそう、子《こ》どもたちが並《なら》んでいて、大人《おとな》の人《ひと》が子《こ》どもたちの頭《あたま》に粉《こな》のようなものを振《ふ》りかけている写真《しゃしん》があったけど、あれって何《なに》してるの？」

六　ばあちゃん、教えて！

「あーわかった。それはね、戦後《せんご》シラミがたいそう増《ふ》えたのさ。シラミってみんなは知《し》らないだろうねえ。今《いま》はすっかり姿《すがた》を見《み》せなくなったけど、短《みじか》い足《あし》の生《は》えた、二《に》ミリほどの黒《くろ》い小《ちい》さな虫《むし》でねえ。頭《あたま》の毛《け》の中《なか》が住《す》みかで、頭《あたま》の血《ち》を吸《す》うのさ。男《おとこ》の子《こ》は短《みじか》く刈《か》った頭《あたま》だったからいいけど、女《おんな》の子《こ》は、頭中《あたまじゅう》シラミやシラミの卵《たまご》だらけでねえ。

かゆくてかゆくて、歯《は》の細《こま》かいクシですいても、どうにもならん。それで、ＤＤＴ《ディーディーティー》っていう白《しろ》い粉《こな》の薬《くすり》を頭《あたま》に振《ふ》りかけて駆除《くじょ》したんだ。それをかけると、お年寄《としよ》りの白髪《しらが》のように頭《あたま》は真《ま》っ白《しろ》になった」

「ばあちゃんも、頭《あたま》にお薬《くすり》の粉《こな》をかけたの？」

「そのころ、ばあちゃんは小学生《しょうがくせい》じゃなかったけど、ばあちゃんの頭《あたま》もシラミがたくさんいてね、酢《す》、ほらあのすっぱい『酢《す》』。あれを頭《あたま》に振《ふ》りかけて」

「しらみは『酢《す》』もきらいだったの？」

公《きみ》ちゃんは「変《へん》なの……」と思《おも》いました。

六　ばあちゃん、教えて！

「そうじゃなくってな、しばらくしてから毛《け》をすくと、シラミの卵《たまご》がクシの歯《は》にかかるんだよ。酢《す》でシラミの卵《たまご》がふやけるんだね。とにかく、卵《たまご》をなくさなきゃ、だめだということで、大人《おとな》も子《こ》どもも、シラミや卵退治《たまごたいじ》にけんめいだった」

「それで、シラミはいなくなったの？」。よし子《こ》ちゃんが聞《き》きました。

「いつの間《ま》にかかゆくなくなったねえ。効《き》いたんだろうねえ。あ、シラミといえば頭《あたま》だけじゃなくてね、着物《きもの》ジラミっていうのが着物《きもの》にとりついて……。着《き》物《もの》ジラミは、三《さん》ミリから四《よん》ミリはあったかねえ。そこへいくと頭《あたま》ジラミなんぞかわいいもんさ、小《ちい》さいからねえ。

着物《きもの》ジラミにかまれると、かゆいったらない。そーっと、服《ふく》を裏返《うらがえ》すと縫《ぬ》い目《め》のところにへばりついて隠《かく》れている。捕《つか》まえて爪《つめ》で殺《ころ》すと、ぷちんと音《おと》がして、赤《あか》い血《ち》が出《で》た」

「気持《きも》ちわりー」

「戦地《せんち》から引《ひ》き揚《あ》げてきた兵隊《へいたい》さんが、持《も》って帰《かえ》ったと言《い》われていたけど、無《む》理《り》もないやねえ、戦場《せんじょう》では風呂《ふろ》なんぞないもんなあ」

「そのシラミも、ＤＤＴ《ディーディーティー》でやっつけたの？」

「いや、シラミの付《つ》いた衣類《いるい》を風呂《ふろ》に入《い》れて煮《に》た」

健《けん》ちゃんの質問《しつもん》に、ばあちゃんは答《こた》えました。

みんなは、不思議《ふしぎ》の国《くに》の話《はなし》を聞《き》いているように思《おも》いました。でも、これは本《ほん》当《とう》にあったことなんだ。戦争《せんそう》には、考《かんが》えられないことが起《お》こるんだなあと思《おも》いました。

息《いき》を弾《はず》ませながら、隆《たか》ちゃんが来《き》ました。これで雄《ゆう》ちゃん以外《いがい》は、全員《ぜんいん》そろいました。

「ばあちゃん、青空教室《あおぞらきょうしつ》ってなに？」

公《きみ》ちゃんが、メモを見《み》ながら尋《たず》ねました。

「え！　そんなことまであったんかね。それはね、戦争《せんそう》で日本《にほん》の国《くに》はたくさんの爆弾《ばくだん》を落《お》とされ、多《おお》くの人《ひと》が焼《や》け出《だ》され、たくさんの建物《たてもの》が燃《も》えてしまった。

病院《びょういん》や学校《がっこう》もそうだった。学校《がっこう》がなくなり、教室《きょうしつ》がないので、青空《あおぞら》の下《した》で、勉強《べんきょう》したのさ。壁《かべ》も天井《てんじょう》もない外《そと》だよねえ」

「黒板《こくばん》は、木《き》に取《と》り付《つ》けてあったわ」

隆《たか》ちゃんはよく見《み》ていました。

「そうかい。それでもみんなわがままも言《い》わず、熱心《ねっしん》に勉強《べんきょう》したんだよ。登校《とうこう》拒否《きょひ》する子《こ》なんて、いなかったねえ。いじめなんて聞《き》いたことなかったよ」

ばあちゃんは、急《きゅう》に怒《おこ》ったような声《こえ》になりました。

「『あれがないとだめ』、『これ買《か》ってくれなきゃうまくいかない』など言《い》ったら、なーんにもできやしない。昔《むかし》の子《こ》は何《なん》にもないのに、みーんなよく頑張《がんば》ったねえ」

ばあちゃんは、上下《じょうげ》に頭《あたま》を振《ふ》りながら、しんみりと言《い》いました。まるで（今《いま》の子《こ》たちはどうかね？）と言《い》っているようでした。

「そうそう、二部授業《にぶじゅぎょう》ってのもあったねえ。これは昭和三十年近《しょうわさんじゅうねんちか》くだったと思《おも》うよ。このころには、ばあちゃん東京《とうきょう》に住《す》んでいたから、間違《まちが》いないさね。そのころ、子《こ》どもが増《ふ》えたんだねえ、教室《きょうしつ》がたりなくてね。前組《まえぐみ》と後組《あとぐみ》に分《わ》かれて、前組《まえぐみ》は、後組《あとぐみ》は、給食《きゅうしょく》を食《た》べるとお帰《かえ》り。後組《あとぐみ》は、給食《きゅうしょく》を食《た》べてから勉《べん》強《きょう》ってことで、後組《あとぐみ》は、授業《じゅぎょう》が始《はじ》まるまでは校庭《こうてい》で遊《あそ》んでいる。前組《まえぐみ》が帰《かえ》ると教《きょう》室《しつ》に入《はい》ってくる」

「うまい考《かんが》えだよねえ」

健《けん》ちゃんはみょうに感心《かんしん》しました。

「お天気《てんき》の日《ひ》はいいさ、雨《あめ》が降《ふ》ると大変《たいへん》だった。下校《げこう》する子《こ》と、教室《きょうしつ》に入《はい》ろうとする子《こ》で、押《お》し合《あ》いへし合《あ》い、すごかったねえ。戦争《せんそう》の傷跡《きずあと》は、こんな所《ところ》にもあったんだよ」

「………」

「………」

「ばあちゃん、あと一《ひと》つわからなかったこと。それはあのね、不思議《ふしぎ》な光景《こうけい》なの。

アメリカの兵隊《へいたい》さんに、日本《にほん》の子《こ》どもが笑《わら》って手《て》を差《さ》し出《だ》しているの。それを見《み》ている人《ひと》もいたのね」

「ほー、そんな写真《しゃしん》まであったのかね。

アメリカの兵隊《へいたい》は進駐軍《しんちゅうぐん》といってね、戦争《せんそう》に勝《か》ったアメリカの国《くに》の兵隊《へいたい》が、負《ま》けた日本《にほん》の国《くに》にやってきて住《す》んだのさ」

「そんなこと、なぜするの？」

「見張《みは》りじゃないの。ねえばあちゃん！　そうでしょ」

「そうなんだなあ。簡単《かんたん》に言《い》えばそういうことだろうねえ」

「アメリカの兵隊《へいたい》は、日本《にほん》の子《こ》どもをかわいがってくれたの？」

「みんなの見《み》た写真《しゃしん》の子《こ》どもたちは、アメリカの兵隊《へいたい》に、食《た》べ物《もの》をねだっているんだよ」

「敵《てき》の兵隊《へいたい》に？」

「アメリカの兵隊《へいたい》は、チューインガムだの、チョコレートだのを子《こ》どもに与《あた》えた。珍《めずら》しい菓子《かし》もそうだけど、子《こ》どもたち、食《た》べる物《もの》がほしかったんだねえ。子《こ》どもたちは『ちょうだい』、『ちょうだい』って争《あらそ》ってね……。『敵国《てきこく》の兵《へい》隊《たい》に食《た》べ物《もの》をせびる（ねだる）とは……情《なさ》けない』と怒《おこ》った大人《おとな》の人《ひと》もいたけど、どうしようもなかったんだ。腹《はら》ぺこだったしなあ。みんなが見《み》たのはその写真《しゃしん》だね、きっと」

「………」

「………」

「………」

「ウインドーに並《なら》んだおいしそうなケーキ。今《いま》では、いつでも買《か》えるけどねえ……」

その時代《じだい》の子《こ》どもたちを、かわいそうに思《おも》ったのでしょう。健《けん》ちゃんのママがしんみりと言《い》いました。

「ねえ、ばあちゃん！　あの子《こ》どもたち、今生《いまい》きてたらいくつぐらい！」

「急《きゅう》にまたどうしたんだい！　そうだねえ、あのとき九《きゅう》、十歳《じゅっさい》としても、七《なな》十歳《じゅっさい》は過《す》ぎているねえ」

「あの子《こ》たち、死《し》ぬまでに、ケーキだの、いろんな珍《めずら》しいお菓子《かし》を食《た》べただろうか」

「お菓子《かし》だけじゃないよ。まだ大人《おとな》にならないのに、死《し》んでしまった人《ひと》たちだっていたんだよなあ」

「………」

「………」

「………」

健《けん》ちゃんのママが甘酒《あまざけ》をごちそうしてくれました。温《あたた》かい液体《えきたい》が、次々《つぎつぎ》にのどを通《とお》り過《す》ぎていきます。みんなは、ほっとした気分《きぶん》になりました。

「ぼく本当《ほんとう》は、テレビや映画《えいが》で空中戦《くうちゅうせん》や軍艦《ぐんかん》が戦《たたか》っているのを見《み》て『かっこいい』って思《おも》っていたけど、間違《まちが》ってたって、すごく反省《はんせい》しているよ。戦争《せんそう》って、子《こ》どももお年寄《としよ》りも女《おんな》も男《おとこ》も、みんなを巻《ま》き込《こ》んでしまうんだねぇ」

紘《こう》ちゃんが言《い》いました。

「ライオンや象《ぞう》だって！　草《くさ》や木《き》だって！」

よっ子《こ》ちゃんが言《い》うと、

「ほんとうだ！　ぜーんぶ、ぜーんぶだ！」

公《きみ》ちゃんが叫《さけ》ぶように言《い》いました。

「やっぱり戦争《せんそう》はやっちゃいけないよなあ」

伸《しん》ちゃんが呟《つぶや》きました。

「ねえ、ばあちゃん、大人《おとな》はなぜ戦争《せんそう》をするの？」

「むつかしいことだねえ。一口《ひとくち》では言《い》えない。戦争《せんそう》それぞれには、それなりのわけ（理由《りゆう》）があるんだねえ。

みんなはこれからの社会《しゃかい》をつくっていくんだ。だからそのわけは、自分《じぶん》の力《ちから》で見《み》つけてほしいねえ」

「ぼく、六年生《ろくねんせい》になったら、夏休《なつやす》みに絶対《ぜったい》に広島《ひろしま》に行《い》く、みんなも行《い》かないか」

「わたしも仲間《なかま》に入《い》れて！、原子爆弾《げんしばくだん》のこともっと知《し》りたい」

紘《こう》ちゃんの誘《さそ》いに、公《きみ》ちゃんはさっそく応《こた》えました。

（みんないつの間《ま》にか大《おお》きくなったなあ、いい子《こ》に育《そだ》っているなあ）

ばあちゃんは思《おも》いました。

（この子《こ》たちに、あの戦争《せんそう》のみじめさだけは経験《けいけん》させたくない）と強《つよ》く思《おも》いました。そして、戦争《せんそう》のない世《よ》の中《なか》が来《く》ることを心《こころ》から祈《いの》りました。

あと三《さん》、四日《よっか》でクリスマスです。健《けん》ちゃん、紘《こう》ちゃん、伸《しん》ちゃん、公《きみ》ちゃん、隆《たか》ちゃんと続《つづ》いて外《そと》へ飛《と》び出《だ》していきました。その後《あと》を四年生《よねんせい》のよし子《こ》ちゃんが追《お》いかけて行《い》きました。

ビューッと北風《きたかぜ》が鳴《な》りました。

七　魔法使《まほうつか》いの帽子《ぼうし》とマント

七　魔法使いの帽子とマント

駅前《えきまえ》の商店街《しょうてんがい》はとてもにぎやかです。色《いろ》とりどりの大安売《おおやすう》りの旗《はた》が、強《つよ》い北《きた》風《かぜ》に踊《おど》っています。繰《く》り返《かえ》し流《なが》れてくるジングルベルの曲《きょく》はいつ聞《き》いても、心《こころ》がうきうきします。

「おーい、よっ子《こ》！　早《はや》く来《こ》ーい」

健《けん》ちゃんは振《ふ》り向《む》いて、よし子《こ》ちゃんに声《こえ》をかけました。よし子《こ》ちゃんは顔《かお》を真《ま》っ赤《か》にして、健《けん》ちゃんの後《あと》を追《お》いかけています。北風《きたかぜ》が「これでもかー」と言《い》わんばかりにビューッと二人《ふたり》に吹《ふ》きかけてきました。けれど、健《けん》ちゃんもよし子《こ》ちゃんも、寒《さむ》さなど気《き》にもしていません。竹《たけ》の塚《つか》の駅《えき》に着《つ》きました。

今日《きょう》は待《ま》ちに待《ま》ったパパが、二年《にねん》ぶりにキルギスから帰《かえ》ってくるのです。

電車《でんしゃ》が着《つ》くたびに二人《ふたり》は、改札口《かいさつぐち》に押《お》し寄《よ》せてくるお客《きゃく》さんの中《なか》から、パパを探《さが》しました。次《つぎ》の電車《でんしゃ》にも、次《つぎ》の電車《でんしゃ》にも乗《の》っていませんでした。五回目《ごかいめ》の人《ひと》の波《なみ》の中《なか》にパパがいました。「パパ！　パパ！」。二人《ふたり》は飛《と》び上《あ》がって手《て》を振《ふ》りました。

「おお、久《ひさ》しぶりだな、しばらく見《み》ないうちに健太《けんた》は、少年《しょうねん》らしい顔付《かおつ》きになったなー。よっ子《こ》は、べっぴんさんになったぞー」

パパは、二人《ふたり》を両腕《りょううで》に抱《かか》え込《こ》みながら言《い》いました。

「パパ、お帰《かえ》りなさい。ばあちゃんもママも幸子《さちこ》ねえちゃんも待《ま》ってるよ」

三人《さんにん》は駅前広場《えきまえひろば》に出《で》ましたが、健《けん》ちゃんにもよし子《こ》ちゃんにも、ジングルベルの曲《きょく》はもう耳《みみ》に入《はい》りません。

パパが「もうクリスマスなんだね」と言《い》ったので、急《きゅう》に踊《おど》りだしたくなるような、ジングルベルの曲《きょく》が耳《みみ》に入《はい》ってきました。

パパのいる夕飯《ゆうはん》は久《ひさ》しぶりです。お風呂《ふろ》からあがったパパは、おいしそうにビールを飲《の》んでいます。パパがいるだけで、夕飯《ゆうはん》のふんいきが変《か》わったように、よし子《こ》ちゃんは思《おも》いました。

(今《いま》まで男《おとこ》はぼく一人《ひとり》だったもんなあ。四対一《よんたいいち》じゃ元気出《げんきで》ないよなあ。そこへいくとパパは三人力《さんにんりき》だから、これでようやく四対四《よんたいよん》の対等《たいとう》だ)。健《けん》ちゃんは、そう思《おも》いました。

「どうだ健太《けんた》！　野球《やきゅう》やってるか？」

急《きゅう》にパパが聞《き》きました。そして、

「キルギスの子《こ》どもたちは、運動《うんどう》をしっかりやっているようだ。道《みち》で出会《であ》う子《こ》どもたちは実《じつ》に姿勢《しせい》がいいし、もたもたしていない」

「ねえパパ、キルギスのいろんなこと話《はな》して！　それからぼく、パパが帰《かえ》ってきたら、聞《き》きたいと思《おも》っていたことがあるんだ」

「ああいいよ、キルギスのこといろいろと話《はな》してあげよう。どこの国《くに》にも国《くに》の歴史《れきし》があり、独特《どくとく》の文化《ぶんか》があるんだ、それを知《し》り、認《みと》め合っていくことは、とても大切《たいせつ》なことなんだ」

「仲良《なかよ》くなる『もと』だっていうことなの？　パパ」

幸子《さちこ》ねえちゃんが聞《き》きました。

「そうだよ。そう言《い》えるなあ」

「パパはキルギスの人《ひと》とお仕事《しごと》をしたんでしょう。どうやって仲良《なかよ》くできたの、言葉《ことば》だって違《ちが》うでしょう？　けんかなんかにならなかったの？」

健《けん》ちゃんは初《はじ》めて、パパのキルギスでの困難《こんなん》に気付《きづ》きました。

「言葉《ことば》が通《つう》じるってこと、それはお互《たが》いを理解《りかい》するうえで、とても大事《だいじ》なことだ。でもな、一番大切《いちばんたいせつ》なことだとは、パパは今《いま》では思《おも》っていない」

「もっと大切《たいせつ》なことがあるの？　パパ」

よし子《こ》ちゃんも、真剣《しんけん》にパパの話《はなし》を聞《き》いています。

「そうだよ。パパは、自信《じしん》をもってそう言《い》える事件《じけん》に出合《であ》ったんだよ」

「話《はな》して、話《はな》して」

七　魔法使いの帽子とマント

すかさず、幸子《さちこ》ねえちゃんと健《けん》ちゃんが言《い》いました。

「パパは、当分日本《とうぶんにほん》にいるのよ。ママも聞《き》きたいけど、パパは疲《つか》れているから、そのお話《はなし》は楽《たの》しみに残《のこ》しておきましょうよ」

ママが言《い》いました。

「そうだよ。それにしてもパパの話《はなし》、楽《たの》しみだねえ。ばあちゃんもぜひ聞《き》きたいねえ。

言葉《ことば》が通《つう》じなくったって、仲良《なかよ》くなれる魔法《まほう》があったら、けんかだって、戦争《せんそう》だって、なくなるよねえー。その魔法《まほう》をかけるのさ」

「そうだ！　紘《こう》ちゃんたちも呼《よ》んでもいい？　その話《はなし》、一緒《いっしょ》に聞《き》きたいんだ」

健《けん》ちゃんが大《おお》きな声《こえ》でパパに聞《き》きました。もちろん、パパはオーケーです。

お正月《しょうがつ》も過《す》ぎたある日《ひ》の午後《ごご》、紘《こう》ちゃん、伸《しん》ちゃん、雄《ゆう》くん、公《きみ》ちゃん、隆《たか》ちゃんの五年生仲良《ごねんせいなかよ》し仲間《なかま》がそろって、健《けん》ちゃんの家《いえ》にやってきました。隆《たか》ちやんは久《ひさ》しぶりです。

「おお！　みんな元気《げんき》だなあ」

「おじさんのお話《はなし》を聞《き》きに来《き》ました。お願《ねが》いしまーす」

ばあちゃんとママと幸子《さちこ》ねえちゃんもやって来《き》ました。

「おや、みんな地図帳《ちずちょう》を持《も》ってきているのか？　えらいなあー。いつの間《ま》に、そんなにかしこくなったんだい？」

「ばあちゃんのお話《はなし》には、いつも地図帳《ちずちょう》が必要《ひつよう》なんです。地図帳《ちずちょう》があると、よくわかるんだよねえ」。紘《こう》ちゃんの言葉《ことば》に、みんなはうなずきました。

健《けん》ちゃんのパパのお話《はなし》が始《はじ》まりました。

「おじさんが行《い》っていた国《くに》はね、キルギス共和国《きょうわこく》っていってね、（一九九一年に）ソ連《れん》から独立《どくりつ》したわりと新《あたら》しい国《くに》なんだ。地図帳《ちずちょう》で探《さが》してごらん。ヒントは中国《ちゅうごく》のずーっと奥《おく》。よーく見《み》ないと見《み》つからないぞ」

みんなは、それぞれキルギス共和国《きょうわこく》を探《さが》しました。

「あった、あった！」

最初《さいしょ》に見付《みつ》けたのは、雄《ゆう》ちゃんです。「どこ」、「どこ」、「どこ」。どうやらそれぞれ、キルギス共和国《きょうわこく》を見《み》つけたようです。

「周《まわ》りは、よその国《くに》に囲《かこ》まれているんだね」

「本当《ほんとう》だ。日本《にほん》とだいぶ違《ちが》う。日本《にほん》の周《まわ》りは海《うみ》だもんなあ」

「わたしは、キルギスの人《ひと》と協力《きょうりょく》して都市計画《としけいかく》の仕事《しごと》をしていたんだ。キルギスの人《ひと》と仕事《しごと》をするのだから、まず仲良《なかよ》くできることが、とても大事《だいじ》なんだよね。ところが、キルギスはキルギス人《じん》のほかにロシア人《じん》もいるって国《くに》でね、言葉《ことば》はもちろん、本《ほん》を読《よ》んでもまるで読《よ》み取《と》れない。こんな中《なか》で会話《かいわ》で仲良《なかよ》くするっていうことは、難《むずか》しいことなんだ」

「ジェスチャーでもだめなんですか？」

「表情《ひょうじょう》でわからないのかい」

公《きみ》ちゃんとばあちゃんが聞《き》きました。

「どこの国《くに》にも、その国《くに》の歴史《れきし》があり文化《ぶんか》がある、ゼスチャーや表情《ひょうじょう》で理解《りかい》し、仲良《なかよ》くするとしても、限《かぎ》りがあるんですよ」

「パパは、人《ひと》と仲良《なかよ》くするには『言葉《ことば》よりも大切《たいせつ》なものがある』って、この間《あいだ》言《い》ったでしょう。そのわけ、話《はな》してよ」。健《けん》ちゃんが言《い》うと、

ばあちゃんも「そうだ、そうだ」とうなずきました。

「わたしのいたキルギスのオフィスには、日本人《にほんじん》が何人《なんにん》かいた。その中《なか》の一人《ひとり》に大山猛《おおやまたけし》さんっていう人《ひと》がいてね、ある日《ひ》、大山《おおやま》さんがわたしに相談《そうだん》したいことがあるって言《い》うのさ。何《なに》かと思《おも》ったら、大山《おおやま》さんのお父《とう》さんをキルギスに呼《よ》びたいと言《い》うのさ。剣道《けんどう》をキルギスの人《ひと》に教《おし》えるためにだという。いいことじゃないかと思《おも》った」

「ふーん」と健《けん》ちゃんは気《き》のない声《こえ》を出《だ》しました。（なーんだ）と思《おも》ったようです。

「ところがな、そのお父《とう》さんは、もうすぐ八十歳《はちじゅっさい》になると言《い》うんだ。その上《うえ》、

耳《みみ》が遠《とお》くてよく聞《き》こえないらしい。言葉《ことば》だって、わたしでさえ苦労《くろう》しているんだ。一瞬《いっしゅん》わたしは剣道《けんどう》を教《おし》えるなんて、無理《むり》だと思《おも》った。それに、どうやってキルギスまでやって来《く》るんだろう、飛行機《ひこうき》の乗《の》り継《つ》ぎだってあるんだよ。周《まわ》りの人《ひと》にだって、聞《き》けないよねぇ」

「それで、そのおじいさんどうしたの？」

「うん、ところが一人《ひとり》でやって来《き》たんだよ。剣道《けんどう》の防具《ぼうぐ》を担《かつ》いでね」

「すげー！」

紘《こう》ちゃんが叫《さけ》びました。

雄《ゆう》くんも伸《しん》ちゃんも、さすがに言葉《ことば》がありません。

「まるで宮本武蔵《みやもとむさし》のようなおじいさんよねー」

ママが言《い》いました。

「わたしゃとてもまねできない。そんな勇気《ゆうき》ないよ。クワバラ、クワバラ」

両手《りょうて》をこすり合《あ》わせながら、ばあちゃんが言《い》いました。

「ところが驚《おどろ》いたことに、次《つぎ》の日《ひ》から練習開始《れんしゅうかいし》。それも午前《ごぜん》と午後《ごご》。昔先生《むかしせんせい》だったので、教《おし》え方《かた》に無理《むり》や無駄《むだ》がないんだろうねえ。やがて、三十人《さんじゅうにん》もの人《ひと》が練習《れんしゅう》に来《く》るようになった。

信《しん》じられないだろう。ついにテレビで放映《ほうえい》されるまでになった。もちろん、わたしも見《み》たよ。八十歳《はちじゅっさい》とはとても思《おも》えない気迫《きはく》でね。人間《にんげん》ここまでできるのかと教《おし》えられたよ」

「………」

「………」

「………」

「ところがそれだけじゃない。新聞《しんぶん》にでかでかと載《の》ったのさ。しかも一面《いちめん》と五《ご》面《めん》の全面《ぜんめん》にだよ。パパもこれには驚《おどろ》いた。

そうだ健太《けんた》、パパの机《つくえ》の上《うえ》にある茶色《ちゃいろ》の小箱《こばこ》を持《も》ってきてくれ」

健太《けんた》の持《も》ってきた箱《はこ》の中《なか》から、パパは、数枚《すうまい》の写真《しゃしん》を取《と》り出《だ》してみんなの前《まえ》に広《ひろ》げました。

「真《ま》ん中《なか》にいる変《へん》な帽子《ぼうし》かぶって、見《み》たことのないオーバーみたいなの着《き》ている人《ひと》、町《まち》で一番《いちばん》えらい人《ひと》なの？」

健《けん》ちゃんの問《と》いに「そうなの？」と言《い》うように、みんなは一斉《いっせい》にパパを見《み》ました。

「はっはっはっ、その人《ひと》が大山《おおやま》さんのお父《とう》さんなんだ」

「えっ！」

みんなの目《め》は、また写真《しゃしん》に集《あつ》まりました。

「………」

「………」

「………」

やがて、

「服《ふく》も変《か》わっているけど帽子《ぼうし》、もっと変《か》わってるよ」

「魔法使《まほうつか》いのおばあさんの帽子《ぼうし》みたいだ！」

「いや！　『宝島《たからじま》』の船長《せんちょう》の帽子《ぼうし》に似《に》てるよ！」

「いや違《ちが》うよ。あの船長《せんちょう》の帽子《ぼうし》には、気味悪《きみわる》いドクロの印《しるし》が付《つ》いていたじゃないか」

「どこかの国《くに》の王様《おうさま》が着《き》ていたマントと同《おな》じだよ！」

みんな、がやがやと勝手《かって》なことを言《い》いはじめました。

「写真《しゃしん》じゃわからないけど、その帽子《ぼうし》、ラシャ（地《じ》が厚《あつ》く織《お》り目《め》のはっきりしない毛織物《けおりもの》）でできているんだ。よく見《み》てみな、周《まわ》りには金色《きんいろ》のモールのような模様《もよう》が縫《ぬ》い付《つ》けてあるだろう。マントって言《い》うのかなあ、長《なが》いオーバーって言《い》うのかなあ、それはベッチン（ビロード）でできていてね、これもどっしりと重《おも》い。わたしは現物《げんぶつ》に触《さわ》ってみたんだから、これは確《たし》かだ。それに胸《むね》から足元《もと》にかけて、帽子《ぼうし》と同《おな》じ金色《きんいろ》のモールのような模様《もよう》が縫《ぬ》い付《つ》けられているだろう」

「かなりの値段《ねだん》したと思《おも》うよ、とても簡単《かんたん》には買《か》えない品物《しなもの》だねえ」

写真《しゃしん》を見《み》ながら、ばあちゃんは感心《かんしん》したように言《い》いました。

「それってキルギスの国《くに》の礼装《れいそう》（儀式用《ぎしきよう》の服装《ふくそう》）じゃあないんですか」

ママが尋《たず》ねました。それほどりっぱな帽子《ぼうし》とマントなのです。

幸子《さちこ》ねえちゃんが、

「ねえパパ、大山《おおやま》さんのおじいちゃん、何《なん》でこんな服着《ふくき》ているの。それに帽子《ぼうし》も。何《なに》か意味《いみ》があるんでしょ」とただすと、

「ああ、おおありなんだよ。さっき、それぞれの国《くに》には、それぞれの国《くに》の歴史《れきし》や文化《ぶんか》があるって言《い》っただろう。その帽子《ぼうし》とマントは、まさにキルギスの歴史《れきし》から生《う》まれた、キルギスの文化《ぶんか》の一《ひと》つなんだ。『大事《だいじ》な人《ひと》』に贈《おく》る最高《さいこう》の品《しな》だったのさ。

いっしょに剣道《けんどう》を学《まな》んだ人《ひと》たち、ほら写真《しゃしん》の人《ひと》たちみんなで、おじいさんに贈《おく》ったんだろうねえ」

「キルギスの人《ひと》たち、剣道《けんどう》が上達《じょうたつ》したからなの……」

「大山《おおやま》さんのおじいさんは耳《みみ》は遠《とお》いし、それに言葉《ことば》は通《つう》じないんでしょ、だのにどうして……」

「お別《わか》れだから、お礼《れい》の気持《きも》ちかしら」

公《きみ》ちゃんが言《い》いました。

「日曜以外《にちよういがい》の毎日《まいにち》、午前《ごぜん》と午後練習《ごごれんしゅう》をやってね、その間中《あいだじゅう》、係《かかり》の人《ひと》が決《き》まった時間《じかん》に毎日車《まいにちくるま》で迎《むか》えに来《き》て、おじいさんを会場《かいじょう》まで送《おく》り迎《むか》えしたらしい。おじいさんは、運転手《うんてんしゅ》さんがいつまでも待《ま》たないですむように、おじいさんのほうで外《そと》で待《ま》ったようだ。二回《にかい》や三回《さんかい》ではないんだよ、練習日《れんしゅうび》欠《か》かさずにね。運《うん》転手《てんしゅ》さんもおじいさんを待《ま》たせないように、時間《じかん》どおりやって来《き》た。言葉《ことば》の約《やく》束《そく》じゃないんだなあ。おたがいに、相手《あいて》の気持《きも》ちを考《かんが》えてのことだよなあ」

「……………」

「……………」

「おじいさんの話《はなし》だと、練習会場《れんしゅうかいじょう》の床《ゆか》がひどくて、ささくれ立《だ》っているんだって。剣道《けんどう》って足《あし》を床《ゆか》にすりつけて進《すす》むだろう、だから足《あし》の裏《うら》にとげが刺《さ》さるんだそうな。ひどいときには、一《いっ》センチほども刺《さ》さっているんだって。弟子《でし》たちが急《きゅう》にいなくなったと思《おも》ったら、隅《すみ》っこで足《あし》を持《も》ち上《あ》げて、足裏《あしうら》のとげを抜《ぬ》いているんだそうな。

それでも練習《れんしゅう》を止《や》めない。おじいさんが会場《かいじょう》に着《つ》くと、せっせと、雑巾《ぞうきん》で床《ゆか》拭《ふ》きをしている。それは毎回《まいかい》なんだそうな。そんな姿《すがた》を見《み》て、おじいさんは『この人《ひと》たちは本気《ほんき》なんだ、しっかり教《おし》えてあげなければ……』と心《こころ》から思《おも》ったそうだ」

「床《ゆか》のささくれ、どうにかならないのかなあ……」

「すごい頑張《がんば》りだねえ……」

「ぼくだったら、練習《れんしゅう》止《や》めているかもしれない」

伸《しん》ちゃん、雄《ゆう》くん、隆《たか》ちゃんがぼそぼそと言《い》いました。

「八段《はちだん》をめざして、今《いま》もきびしい練習《れんしゅう》を続《つづ》けているおじいさんのことだ、おそらく一人《ひとり》ひとりの力《ちから》に合《あ》わせて、その人《ひと》の気持《きも》ちや力《ちから》を大事《だいじ》にしながら、根気《こんき》よく教《おし》えてきたんだろうねえ。気持《きも》ちは通《つう》じる。そこには、言葉《ことば》はいらなかった」

「……………」

「……………」

「……………」

「おじいさんのそんな気持《きも》ちは、お弟子《でし》さんのキルギスの人《ひと》たち、一人《ひとり》ひとりの心《こころ》に伝《つた》わったんだろう。またキルギスの人《ひと》たちの熱意《ねつい》と感謝《かんしゃ》の気持《きも》ちは、日毎《ひごと》におじいさんにも伝《つた》わってきたんだねえ。おじいさんの帰国《きこく》が近《ちか》づいたある日《ひ》、ハイキングに行《い》ったり、一緒《いっしょ》に焼肉《やきにく》を食《た》べに誘《さそ》ってくれたり。これはおじいさんへの感謝《かんしゃ》の気持《きも》ちの現《あらわ》れだと思《おも》うよ。キルギスでは、こんなことはあまりしないらしいんだ。わたしも誘《さそ》われて参加《さんか》したけれど、そこには、会話《かいわ》はなかった。でも確《たし》かに楽《たの》しかった。会話《かいわ》ができると、もっと楽《たの》しかったかもしれないけどね」

「………」

「………」

「どうだい、キルギスの人《ひと》たちが、なぜ、帽子《ぼうし》とマントをおじいさんへの贈《おく》り物《もの》に選《えら》んだのか、その気持《きも》ちがわかるかい？」

「………」

「………」

「………」

「相手《あいて》の気持《きも》ちを考《かんが》えてあげるってこと、大事《だいじ》なことなのね」

「かっこよくなくったって、一生懸命《いっしょうけんめい》にやることが大事《だいじ》なんだ」

幸子《さちこ》ねえちゃんに続《つづ》いて、伸《しん》ちゃんが言葉《ことば》を続《つづ》けました。

「じゃあ戦争《せんそう》になるのは、気持《きも》ちが通《つう》じ合《あ》えないから？」

　健《けん》ちゃんが聞《き》きました。このことは紘《こう》ちゃんも、伸《しん》ちゃんも、雄《ゆう》くん、隆《たか》ちゃん、公《きみ》ちゃんたち、五年生仲良《ごねんせいなかよ》し仲間《なかま》の共通《きょうつう》の知《し》りたいことでした。戦争《せんそう》の話《はなし》を聞《き》くたびに、何度《なんど》もばあちゃんに尋《たず》ねたけれど、ばあちゃんは一度《いちど》も答《こた》えてくれなかったのです。

「うん……。これは簡単《かんたん》には言《い》えない難《むずか》しい問題《もんだい》だ。ただ歴史《れきし》に残《のこ》っている戦《せん》争《そう》を見《み》ても、それぞれに、戦争《せんそう》になってしまった理由《りゆう》があるようだ。みんなは若《わか》い、これからしっかり勉強《べんきょう》して、その疑問《ぎもん》を解《と》くんだな。

あ、そうそう、そのことについて、オリンピックの父《ちち》と言《い》われているクーベルタンはね、『戦争《せんそう》が起《お》きるのは、二《ふた》つの国《くに》が、互《たが》いに相手《あいて》を誤解《ごかい》するからである』と言《い》っているよ。それだけが原因《げんいん》ではないにせよ、大山《おおやま》さんのおじいちゃんとキルギスの人《ひと》との関係《かんけい》の正反対《せいはんたい》だねえ」

　パパの話《はなし》を聞《き》いてみんなは、何《なん》だかほっとしました。そして、やはり、いじめは最低《さいてい》なんだと思《おも》いました。

七　魔法使いの帽子とマント

「おい！　ぼくらでクラスを、仲良《なかよ》しクラスに変身《へんしん》させないか。『仲間外《なかまはず》れの一人《ひとり》もいないクラス』どうだい！」

「『相手《あいて》の気持《きも》ちを大切《たいせつ》にする』。それだったらできそうだ」

「いいことに気付《きづ》いたなあ。しかし、そう簡単《かんたん》なことじゃないぞ。でも頑張《がんば》ってみる必要《ひつよう》はあるな」

パパが言《い》いました。

ばあちゃんとママは、にこにこしながら、みんなの会話《かいわ》を聞《き》いています。

「おい公園《こうえん》に行《い》かないか！　マラソンやろうぜ。力《ちから》もりもりだ！」

急《きゅう》に紘《こう》ちゃんが叫《さけ》びました。

五年生仲良《ごねんせいなかよ》し仲間《なかま》は、健《けん》ちゃんのパパやママ、ばあちゃんにあいさつをすると、公園《こうえん》に飛《と》び出《だ》して行《い》きました。北風《きたかぜ》がピューッと口笛《くちぶえ》のような音《おと》を出《だ》して、後《あと》を追《お》いかけて行《い》きました。

もうすぐ立春《りっしゅん》です。四月《しがつ》には全員六年生《ぜんいんろくねんせい》になるのです。

おわりに

古稀を過ぎた今も、医療の世界で活躍されているA氏の講演を聞きました。A氏は、「人生の挫折や困苦に遭遇し、逃げ出したいと思ったとき、踏ん張る力になったのは、『お母さんに立派なお墓を建ててあげて……』と言われた祖母の一言であった」と話されました。

A氏の母堂は、三十歳の若さでA氏たち六人の子どもを残して他界しています。A氏が祖母の願いを聞いたのは、小学校一年生の春でした。

「古稀を過ぎた今、祖母との約束を果たすことができたことを感謝している」と話されました。私は「人間って、なんて不思議な生きものなんだろう」と思いました。そして「人間って、すばらしいなあ」と思いました。

さて、ばあちゃんのお話は終わりました。

ばあちゃんのお話は、子どもたちの心に、何かを残すことができたでしょうか。A氏の子どものときのように、何かが住み着いてくれると、とてもうれしいのですが……。

それは小さな小さな『記憶の粒』に過ぎませんが、エネルギーをもっています。また『記憶の粒』は結びついて線となり、線はまた結びついて面となって、思わぬパワーを発します。

シリーズ(3)では「戦争」に関しての話が主になっています。「なぜ戦争をするの」、「なぜ戦争になるの」と何度も立ち止まった子どもたちの問いに、ばあちゃんは、ついに答えを出さずにシリーズを終えました。

それは一人ひとりの子どもに、「自分の頭」で答えを発見してほしいと願ったからです。

言いなりに信じたり理解することの「危険」、「恐ろしさ」を、多くの日本人は戦争(敗戦)によって教えられました。一人ひとりが、自分の考えをもって生きていくことの大切さを学んだのです。

「魚を与えるのではなく、魚の捕り方を教える」という諺《ことわざ》があります。

与えた魚はすぐに手にすることはできますが、食べるとなくなります。魚の捕り方を教わったらどうでしょう。すぐには食べることはできませんが、一生、魚を手にいれることができます。

おわりに

子どもたちの「問い」に簡単に答えを出すことは不可能です。そのこともさることながら、ばあちゃんは、子どもたちに簡単に魚を与えたくなかったのです。戦争を物語に終わらせてはいけないと思ったのです。

ばあちゃんは、自分の目で見たこと、自分の耳で聞いたこと、感じたことを子どもたちに話して聞かせました。その中で、「問い」を持ち、その答えを探す。そのことをとおして〝ものごとの深さ〟〝調べる楽しさ〟〝知ることの喜び〟を知る子どもに育っていってほしいと願ったのです。

このような姿勢は、これからの社会を生きていくうえで、大切なことではないでしょうか。

シリーズを書き終え、ほっとしています。

その間、文芸社編集局の佐藤京子氏が一貫して編集に当たってくださいました。適切なご助言、ご指摘をいただき、納得できる作品に仕上がったことに、心から感謝いたします。

小山　矩子

著者プロフィール

小山 矩子（こやま のりこ）

1930年、大分県杵築市八坂に生まれる
大分大学大分師範学校卒業
東京都公立小学校教諭・同校長として40年間教職を務める
その間、全国女性校長会副会長として女性の地位向上に努める
退職後、東京都足立区立郷土博物館に勤務。足立区の東淵江・綾瀬・花畑・淵江・伊興を調査し「風土記」を執筆する。この作業を通じて歴史的な事物に興味を持つ
主な著書に『足尾銅山―小滝の里の物語』『サリーが家にやってきた―愛犬に振り回されて年忘れ』『ぼくらふるさと探検隊』『ほくろ―嵐に立ち向かった男』『川向こうのひみつ　ばあちゃん、お話聞かせて（1）』『照美ちゃんかわいそう　ばあちゃん、お話聞かせて（2）』（文芸社刊）がある
東京都在住

魔法使いの帽子とマント　ばあちゃん、お話聞かせて（3）

2005年5月15日　初版第1刷発行

著　者　小山 矩子
発行者　瓜谷 綱延
発行所　株式会社文芸社
〒160-0022　東京都新宿区新宿1－10－1
電話　03-5369-3060（編集）
03-5369-2299（販売）

印刷所　株式会社平河工業社

日本音楽著作権協会（出）許諾第0503222-501号
ISBN4-8355-9042-2